ドン・キホーテ
人生の名言集

佐竹謙一・誉田百合絵
［編訳］

国書刊行会

まえがき

ドン・キホーテ、日本を駆ける

「鈍喜翁《どんきおう》」――実は、これは明治時代の「ドン・キホーテ」の当て字なのです。字面からまるでドン・キホーテの滑稽なニュアンスが伝わってくるようですね。

日本初の翻訳版『ドン・キホーテ』は、明治二〇年に雑誌連載されていた渡辺修二郎訳の『鈍喜翁奇行傳《きこうでん》』でした。当時はスペイン語から直接翻訳できる人がいなかったため、他の言語に訳されたものをさらに日本語に訳す「重訳」という方法がとられました。スペイン語から直接翻訳された本を読むには、第二次世界大戦後まで時代を下らねばなりません。それほどスペイン語はわれわれ日本人にとってなじみの薄い言葉だったのです。さらに言えば、あまりにも原作が長いため翻訳作業は大変労力のかかる仕事となり、その結果、話を短くまとめた抄訳版や、前編だけを訳した本が多く出版されました。

一般的に「ドン・キホーテ」と聞いて思い浮かべるのは、古びた鎧《よろい》に身を包み、風車に向かって突撃する初老の騎士の姿でしょう。子どもの頃に絵本などでこの物語を読んだ人は、次々におかしな行動をして問題を起こす困った人物、という印象をお持ちかも知れません。また、高校の世界史の教科書にも名前と作品名が掲載されていたり、激安のお店「ドン・キホーテ」の販売網拡大もあったりして、ドン・キホーテの名前を知っている人はそこそこいるのですが、作品『ドン・キホーテ』全体や作者セルバンテスともなると、ほんの一握りの人しか知らないというのが現状です。

新聞雑誌などでは早い時期から「気が狂った」「破天荒な」「無鉄砲な」「無謀な」「滑稽な」「情熱的な」などの形容詞を主人公ドン・キホーテに冠することで、紋切り型のイメージを作り上げてきました。世間一般で「あいつはまるでドン・キホーテだ」などと言えば、それは「無茶なことばかりする人」ですとか「独りよがりの夢想家」ということをさすでしょう。または「夢を追いつづける人」「自分の信念を曲げない人」という良いイメージで使われることもあります。

確かにドン・キホーテは破天荒な人物であり、この形容が間違っているわけではありません。しかし、騎士道が絡まなければドン・キホーテは至って理知的でまっとうな人物です。さらにいえば、この作品自体にもどこか倫理的で、読む人を包み込んでくれるような温かさがあります。じっくり腰を据えて内容を読んでみると、文学的、社会的要素が複雑に絡み合い、歴史書だけでは分からない当時の社会事情や人間模様が、真実とはいかないまでも、社会のひな形のように描出されていることが分かります。ですから、頭ごなしに『ドン・キホーテ』はただ面白いだけの小説だなどと決めつけてしまうのは、あまりにも短絡的ではないでしょうか。本書を繙《ひもと》くだけでも、そのことがお分かりいただけるはずです。

さて前置きはこれくらいにして、今すぐこの本を開いて、どんなことが書かれているのか確かめてみて下さい。物語のなかの登場人物たちは、いったいどのような言葉を読者に届けてくれるでしょうか。彼らの心のこもったメッセージが、何らかのかたちで人生に彩《いろど》りを添えてくれることでしょう。

なお、本書で引用した言葉にはその場の状況説明が添えられていますが、言葉そのものへの解説はつけず、解釈は受けとり手である読者にゆだねることにし、その補足としてささやかながら当時の人々の思いや生活習慣に関するいくつかの事項をコラムとして適宜本文の中にはさむことにしました。お役に立てば幸いです。

目次

Ⅱ　感情、心情、理性

目次

III　社会生活と処世術

目次

Ⅳ　宗教、信仰

目次

Ⅴ 芸術、文学、技法

挿画・挿絵——誉田百合絵
造本・装訂——長井究衡

I　人生

I-1

人生とは

1

人生は劇場

舞台の上でも、この現実世界においても同じことが起こっておるのだ。この世では、ある者が皇帝となれば別の者は教皇を演じるといった具合に、劇で見られるようなありとあらゆる生き方がある。だが芝居が大団円を迎えるとき、つまりそれは人生の終わりを意味するのだが、そのときに彼らを分けていた衣装ははぎとられ、みな同じように墓へ入ってゆくことになるのだ。

［ドン・キホーテ　後編一二章］

✠旅の途中で、死や悪魔といったさまざまな扮装をした役者を乗せた荷馬車に出会ったドン・キホーテ主従。ドン・キホーテは従者サンチョ・パンサに、芝居上では各々の役を演じていても、衣装を脱げば一人の人間にすぎないのだと説き、さらに現世も同じ仕組みだと語る。

2 人の道はさまざま

ある者は大きな野望を抱いて広野を行き、またある者は卑《いや》しくも他人に付き従い、へりくだるという道を辿る。人を騙す偽りの道を選ぶ者もあれば、信仰という誠の道を進む者もあるのです。

［ドン・キホーテ　後編三二章］

✠ドン・キホーテ主従はある公爵の家に迎え入れられる。ドン・キホーテの狂気を面白がり、からかおうとする公爵夫妻に対し、館の住み込みの司祭は立腹の様子。騎士道を否定した彼の暴言に対し、怒りを露《あら》わにしたドン・キホーテの返答である。

3

この世は日々新たな現象が起こる

この世では日々新たな出来事が起こっております。嘘が誠になったり、人を騙していた者が逆に騙される側へまわったりすることもあるのでございますよ。

［執事　後編四九章］

✠公爵の悪ふざけで架空の島の領主に任命されたサンチョに対し、執事役の男が皮肉交じりにかけた言葉である。

4

人生の速さ

思えば、人生の中で起こるさまざまなことがいつまでも変わらずにいるなどと考えるのは無意味であろう。むしろそれらは円を描くように、つまりぐるぐるめぐっているように思われる。ちょうど春が夏に、夏が盛りを過ぎて秋になり、冬が訪れたあと、ふたたび春がめぐってくるように、時は永遠に丸を描いてまわり続けるのだ。ただ人生だけは時よりも足早に死へと急ぐ。時間の制約のないあの世にいるのでないかぎり、新たな生を吹き込まれることは望めず走ってゆくのだ。

［シデ・ハメーテ　後編五三章］

✠サンチョ本人にとっては長く続くかと思われた島の統治は唐突に終わりを迎え、原作者と名乗るシデ・ハメーテはこのような感慨を覚える。

5

逆風から順風へ

覚えておくがいい、サンチョ、他人よりもさらに努力しなければ、他人より優れた人物にはなれないのだとな。今、われらに降りかかっている困難は、やがて嵐がしずまり、良いことが起きるという前触れにほかならないのだ。なぜなら、良いことも悪いこともそう長く続くものではなく、今ここで悪いことが立て続けに起こっても、じきに良いことが起こるはずだからな。

［ドン・キホーテ　前編一八章］

✠宿の宿泊客の悪戯《いたずら》に遭い、愚痴をこぼすサンチョに、ドン・キホーテはこう忠告する。

6 人に落ち度はつきもの

世の中、物事を完璧にやりおおせるほど賢明な人間ばかりではないからな。

［ドン・キホーテ　前編二〇章］

✠轟音を立てて主従を震え上がらせていたものが縮絨機《しゅくじゅうき》の槌《つち》が動く音だとわかり、ドン・キホーテは勇敢な騎士でも勘違いはするものだと弁明する。

7

救いの手はある

まあいいさ、何事に対しても何かしら打つ手はあるもんさ。ただ、人生の終わりにこっちが望まなくても必ず直面することになる、あの気が重くなるような「死」ってやつを除けばね。

［サンチョ　後編一〇章］

✠存在しないはずの想い姫ドゥルシネーアへ主人から伝言を頼まれ、途方に暮れるサンチョの独り言である。

8

盲人が盲人を先導すれば

もし盲人が盲人を先導して歩けば、二人とも穴へまっさかさまに落ちる、なんてことになるかもしれねぇ。

［森の従者　後編一三章］

✠ともに恋に盲目な主人に仕えるサンチョと〈森の従者〉。二人はこれから辿る道の危うさを危惧している。

En un lugar de la Mancha
de cuyo nombre no quiero acordarme...

I-2

運命と自由意志

9

運

神の采配いかんによって運命のめぐりが変わり、今日敗北を喫した者が明日には勝利を味わうことだってあるのですから。

［司祭　前編七章］

✠トレドの商人たちに滅多打ちにされ、ほうほうの体で村へ戻ってきたドン・キホーテ。自宅で休息をとり、目を覚ました彼は商人に復讐をしようと暴れはじめるが、司祭が次のように説得し落ち着かせる。

10 運命とは

運命は救済手段として、逆境の中でも常にどこかしら扉を開けておいてくれるものなのだ。

［ドン・キホーテ　前編一五章］

✠愛馬ロシナンテのちょっとした出来心から全身棍棒で打たれるという災難に遭ったドン・キホーテ主従。自分は傷だらけなのにお供のロバだけが災難に巻き込まれず無傷でいることが腹立たしいと愚痴るサンチョに、主人はむしろ幸運だったと諭《さと》す。

11

悲惨な運命でも慰めはある

不幸の中にあっても、その苦しみをともに分かちあう者がいれば、それはそれで慰めになるでしょうからな。

［ドン・キホーテ 前編二四章］

✠シエラ・モレーナ山中で、苦難を抱え気も狂わんばかりの若者に出会い、ともにその苦境を嘆こうと申し出たドン・キホーテの言葉。

12

「運命の女神」の輪

「運命の女神」の輪は水車の車輪よりも目まぐるしくまわるもので、昨日絶好調だったものが今日は地に堕ちることだってあらぁな。　［サンチョ　前編四七章］

✠故郷に連れ戻そうとする司祭たちの奸計《かんけい》にかかり、檻《おり》に入ることになったドン・キホーテを見て、島の領主になる夢が潰《つい》えてしまったサンチョが嘆く。

13

運命、神の配慮

わしが言えるのは、この世に運命などというものは存在せぬし、人に降りかかるさまざまな出来事は、良いことであれ悪いことであれ偶然の産物ではないということだ。むしろ、それは天にましますの神の特別な配慮のもとで起こるものであって、世間でよく言う「誰もが自らの運命の作り手」という言葉も、この発想に由来しておるのだ。

〔ドン・キホーテ　後編六六章〕

✠銀月の騎士に敗れて失意の底にあるドン・キホーテを、サンチョは「負けたのは単に運命の女神の気まぐれだ」と慰めるが、騎士はこう返答する。

14

人の意志は自由

人間の意志とは自由なものであって、この意志を無理やりねじまげるような薬草も魔法もありはせんのだから。

［ドン・キホーテ　前編二二章］

✠ガレー船に連行される囚人の一人に罪科《ざいか》を尋ねると、彼の罪状は怪しげな妖術を使う恋のとり持ち屋であった。それを聞いたドン・キホーテは、人の心を惑《まど》わす術などこの世には存在しないとの持論を述べる。

15

自由と束縛

サンチョよ、自由とはまさに天が人に与えた最良の賜物《たまもの》の一つだ。こればかりは大地や海底に眠るどんな宝にも優《まさ》る。自由を得るためならば、おのれの名誉を守るのと同じように、命をかけた冒険も厭《いと》わぬし、またそうあるべきなのだ。それに対して束縛は、人間が被る最悪の災厄《さいやく》だよ。［ドン・キホーテ　後編五八章］

✠長く滞在していた公爵夫妻の屋敷を後にし、久しぶりに遍歴の騎士道という奔放な生活に戻ったドン・キホーテは、晴れ晴れとした気持ちで天を仰いだ。

I-3

幸せ、逆境、困難

16

黄金時代

あの幸福な時代、あの恵まれた世紀が古人たちから「黄金《おうごん》」と称されたゆえんは、今この鉄《くろがね》の時代を生きるわれらがこれほどまでに讃《たた》える黄金《こがね》を何の苦労もなく幸運のうちに手に入れたからではなく、その時代の人々が「お前のもの」や「わしらのもの」という二つの語彙《ごい》とは無縁に生きていたからなのだ。

［ドン・キホーテ　前編一一章］

✠羊飼いたちの夕餉《ゆうげ》に招待され、相伴《しょうばん》に与《あずか》ったドン・キホーテの長《ちょう》広舌《こうぜつ》。黄金時代と呼ばれた時代を生きた人々は、欲を知らなかったがゆえに幸せであったのだという。

17 幸運とは

幸運がそれ自体単独でやって来ることは稀《まれ》か、なきに等しいのです。たいがい邪魔が入るか、予想外なことを引き起こす不運を伴ってやって来るのが普通です。

［捕虜 前編四一章］

✠モーロ人の地からキリスト教への改宗者である女性を連れ出し、ともにスペインへ帰ろうとした捕虜の波瀾万丈の身の上話。

18

幸運

よく爺さん婆さんから聞かされたよ、せっかく幸運が向こうのほうからやって来ても、それを摑《つか》もうともしねぇやつは、それが通り過ぎちまっても文句は言えねぇってことをね。

［サンチョ　後編五章］

✠ドン・キホーテから島の領主に任命された暁には娘をどこかの公爵に嫁《とつ》がせようと息巻くサンチョに、妻テレサは冷ややかな視線を送る。そのような妻の態度にサンチョが一言そえる。

19

善人、幸運

あたしたちが善人であるなら、そのうち神様のお計らいで運が向いてくるよ。

［テレサ　後編五章］

✠途方もない夢物語を語るサンチョに、テレサはあくまで現実的に生きるのが良いと言い張る。

20

幸運は失ってはじめて実感できる

失ってみるまでは、それまで手にしていた幸運に気づかないもんさね。

［リコーテ　後編五四章］

✠モーロ人追放令により故郷であるスペインからの退去を余儀なくされた、サンチョの友人でモーロ人改宗者であるリコーテの後悔の呟《つぶや》き。

21

災難に遭おうとも

いかなる災難に遭おうとも、人は命のある限り、善意にもとづく忠告に耳を傾けるのを拒むほど消耗することはありませんよ。

〔司祭　前編二八章〕

✠森の中で悲嘆にくれた顔をした男装の麗人《れいじん》を見つけ、哀れに思い身の上を話すよう説得する司祭の言葉である。

I-4

生と死、時間、眠り

22

人の寿命、時に任せる

時が人生の幕を引くわけであって、生命がまだよく熟《う》れず収穫の時期にもなってねぇのに、自然に落っこちる前にむやみやたらといじって落とさねぇほうがいい。

［サンチョ　後編一四章］

✠一晩語り合った〈森の騎士〉とドン・キホーテが夜明けに決闘することになり、〈森の騎士〉の従士はサンチョに主人同様殴り合いの喧嘩をしようと申し出るが、サンチョはこのように断る。

23

痛みは死が癒してくれる

時が消さぬ記憶などないし、死が癒《いや》さぬ痛みもまたありはしないのだ。

［ドン・キホーテ　前編一五章］

✠ロシナンテに降りかかった災難に主従も巻き込まれ、サンチョは体の痛みを訴えると、ドン・キホーテはそれについて答える。

24

人は死ぬ運命にある

人は誰もが死ってやつから逃れられねぇ定めになっていて、今日は達者でも明日の命は分からねぇ。（……）誰だろうと、神様がお与えになった以上の時間をこの世で過ごすことなんて望めねえってことです。なぜなら死神はこっちの事情なんぞどこ吹く風で、死に際に迎えに来る段になりやあ、拝みたおそうが腕力に物言わせようが、王の杖でも大司教の冠でもやつを止められっこねぇんですからね。

［サンチョ　後編七章］

✠二度目の旅立ちに際してドン・キホーテ主従が膝を突き合わせて打ち合わせをしている場面。サンチョは命の儚《はかな》さを口実に、定期的な給金の支払いを約束するよう求める。

25

死の女神

村の司祭様から聞いた話によれば、死は王族の高い塔にも貧乏人のちっぽけな掘立小屋にも同じ足で踏み込んで来るんだってね。あのご婦人〔死〕ときたら、体裁を繕《つくろ》うよりも力ずくで事を成すような御方で、まったく嫌味なところがなく、何でも食べるし何にでも手を出しちまう。そして、身分の差も関係なく老若男女を問わず、どんな身の上の人間をもその袋に詰め込んじまうんだと。

［サンチョ　後編二〇章］

✠金持ちの豪勢な結婚式に呼ばれ、ご馳走を食べて大満足のサンチョはぺらぺらと喋りまくる。うんざりしたドン・キホーテは、自分が死ぬまでに（自然の成り行きでは年上の自分が彼よりも先に死ぬはずだという前提で）無口なサンチョを見ることはないだろうと嘆息するが、その台詞《せりふ》にさえサンチョは長広舌をふるって答える。

26

死

何より不幸なことは死ぬことであるが、それが有終の美を飾るものであれば、死は最上のものとなりえましょうぞ。

［ドン・キホーテ　後編二四章］

✠良い主人に恵まれなかった貧乏な男が、どうせ仕えるのなら国王に忠義を尽くそうと戦地へ向かう途中、出会《でくわ》したドン・キホーテが彼に餞《はなむけ》の言葉を送る。

27

最大の狂気は死に急ぐこと

なんたって、人間が生きているときにしでかす最も馬鹿げたことは、誰かに殺されるわけでも、何かが原因で命を落とすわけでもないのに、ひどく塞《ふさ》ぎ込んじまうせいで、理由もなくおのれを死に追い込むことなんですからね。

［サンチョ　後編七四章］

✠臨終を迎えるドン・キホーテに、サンチョは涙で顔を濡らしながら必死に生きよと訴える。

28

時間はすべてを明らかにする

時はあらゆるものごとの真実を白日のもとに晒《さら》してしまうだろう。たとえそれが地の奥深くに隠れていようともな。

［ドン・キホーテ　後編二五章］

✠どのようなことでもぴたりと言い当てるという猿を前にして、ドン・キホーテは数日前の冒険について尋ねる。猿は曖昧な返答をしたため、主人の記憶を疑うサンチョに対してこう言いきる。

29

時の動き

時の動きは軽やかでそれを止める障壁もない。かの騎士もそのような時を駆ける人だったので、じきに朝がやって来た。

［地の文　後編四六章］

✠ドン・キホーテに想いを寄せる侍女を見事に演じたアルティシドーラの悪戯で、ドン・キホーテの悩みは深まるばかり。ついに一睡もできないまま朝を迎える。

30

永遠など存在しない

この世の人間に関わるものに永遠など存在せず、人生はその初めから今際《いまわ》のきわまで常に衰退してゆく定めとなっている（……）。

［地の文　後編七四章］

✠『ドン・キホーテ』の物語も最終章に入る。主人公であり破天荒なドン・キホーテの死に関連して、セルバンテスはこの世の無常を唱える。

31

眠りと死のあいだ

眠りがくれるものと言えば、もろもろの考えを覆ってくれるマント、飢えを満たしてくれるご馳走、渇きを癒してくれる水、寒さを凌《しの》げる火、暑さを和《やわ》らげてくれる涼しさ、それにどんなものでも買うことができる金《かね》でさあ。眠りは羊飼いと王様を、愚直な人間と思慮深い人間を同等に扱ってくれる。ただ一つ難点を挙げるなら、聞いた話じゃ眠りは死と似ているらしいから、寝ている者と死んでいる者の区別がほとんどつかねぇってことです。

［サンチョ　後編六八章］

✠夜中、度重なる心労で一睡もできないドン・キホーテを尻目にぐっすりと眠りこけるサンチョ。そのあまりののん気さに、ドン・キホーテは思わず彼を叩き起こしてしまう。サンチョは主人に対し、柄にもなく眠りに関する思慮深い言葉を発する。

32

眠りは癒し

眠りは、起きているときに人間が抱える悲しみを和らげてくれますからね。

［サンチョ　後編七〇章］

✠主人のために苦行を行ったサンチョは、心身ともに疲れきっていた。しかしドン・キホーテが彼を質問攻めにしてなかなか眠らせてくれないので、サンチョはこのように訴え、眠らせてくれるよう頼む。

ユーモア（二）

コラム

セルバンテスの言葉あそび

『ドン・キホーテ』は長編小説ということで尻込みしがちですが、決して堅苦しい小説ではありません。おかしな騎士の滑稽物語として書かれたこの物語には、思わずくすっと笑ってしまうような場面や登場人物どうしのユーモアたっぷりのやりとりが随所に散りばめられています。

たとえば、騎士を名乗って世直しの旅に出ることを思い立ったドン・キホーテが、愛馬にも立派な騎士にふさわしい名前をつけようと四日もの日数を費やす件《くだり》です。

記憶力と創造力をめぐらせ、あらゆる名前をこしらえてはほうり捨て、つけ足しては引き剝がし、もう一度組みなおしたあげく、ようやくロシナンテという名前にたどりついた。

（前編一章）

彼の思考経路がユーモラスに描写されており、それ相応の名前を捻《ひね》りだそうと必死な表情が目に浮かぶようです。しかもこの名前、痩せこけた年寄りの愛馬が名馬どころか駄馬《ロシン》であることをはっきりと示しています。

笑いを誘う場面に欠かせないキャラクターといえば、なんといっても従者のサンチョ・パンサでしょう。善人ですが少しばかり頭の弱いサンチョは、「ここにおいでの皆々様ご一同のなかに、まことに穢《けが》れのない騎士殿であられるまことのドン・キホーテ・デ・ラ・マンチャ様とそのまことの従者であるサンチョ・パンサ様はおいでかどうか、わたくしめにお聞かせ願いとう存じますわ」という、老女ドニャ・ロドリゲスの懇切丁寧な言葉づかいにすっかり乗せられ、「サンチョなら、ここにおりますよ。それにまことのドン・キホーテ様その人もこちらにおいでです。そんで、まことにご不憫なまことの老女さん、あんたのまことのお望みに応えるのにまことのわしらこそがまことにぴったりだということを分かっていただけますよ」（後編三八章）と、めちゃくちゃな返事を大真面目にしてしまう、なんとも愛嬌のある人物なのです。

　また別の場面でサンチョはこんなことも言っています。「島を統治するなら、少なくとも文法《グラマティカ》ぐらいは知っていなくちゃいけないよ」と忠告する同郷の学士サンソンに対し、「文法」という言葉を知らなかったサンチョは学士の言葉の真意をとりそこね、「麦《グラマ》の扱いかたならよく心得てるが、そのティカっちゅうもんのことはよく知らねぇ。なにせ畑違いだからね」（後編三章）と的外れな返答をします。何ともとんちんかんですが、それでいて気の利いた返答になっています。

　このようにドン・キホーテ主従の周りでは常におかしなこと、ユーモラスな事件が絶えません。まさに「ドン・キホーテ主従あるところ笑いあり」なのです。

Column

Ⅱ

感情、心情、理性

Ⅱ－1

恋愛、愛情、友情、人の本性

33

美人と恋

美人が皆、恋に落ちるとは限りませんし、中には見る人を楽しませるだけで、人の気持ちを動かすまでには至らないことだってありますわ。

［マルセーラ　前編一四章］

✠色恋よりも自由に生きることを優先したい佳人《かじん》マルセーラは、彼女の意志に反して言い寄って来たり、つれなくされたと勝手に嘆いたりする男たちに辟易《へきえき》し、彼らの前でこう言い放つ。

34

若者たちの恋は欲望

若者たちの恋ってのは、ほとんどの場合、真実の愛ではなく欲望にまみれたものであって、その目的が快楽であってみれば、そこに行き着いてしまうと恋は終わり、愛と思われたものは遠のいてしまうのです。

［カルデニオ　前編二四章］

✠悩める青年カルデニオは、裏切り者の友人ドン・フェルナンドの恋愛事情をこう評する。

35

恋に抗うことはできない

聞いたところによりますと、恋というものは飛んで行くことがあるかと思えば、歩いてやって来ることもあるそうです。（……）朝方に堅固な砦を囲んだかと思えば、その晩には打ち破って入って来るって言うじゃありませんか。恋を前にしては抗《あらが》うことなんてできやしないのですから。

［レオネーラ　前編三四章］

✠夫の親友ロターリオとの道ならぬ恋に落ちてしまったカミーラ。たやすくその貞節を投げ打ってしまい軽薄な女だと思われることに悩む彼女に、恋愛経験豊富な侍女のレオネーラは恋をこのように形容する。

36

恋愛、女が乗り気だと

色恋沙汰となれば、女の気持ちがこちらへ傾いているだけで、望みはうんと叶えられやすくなるもんです。

［山羊飼い 前編五一章］

✠ドン・キホーテを無理やり村へ連れ戻そうとする司祭たちの前に現れた山羊飼いは、将来の婚約者となりえた佳人を男に横取りされた辛い思いを語る。

37

恋とおしゃれ

恋とおめかしは[*]／同じ道を行《ゆ》く連れあい／だからおいらは君の瞳に／洒落た姿で映っていたかった

［アントニオの歌　前編一一章］

＊以下、韻文は改行せず、スラッシュ（／）を入れ、散文と区別した。

✠気の良い羊飼いたちは、仲間内でもとりわけ歌のうまい若者に、ドン・キホーテにロマンセを謳《うた》って聞かせるよう依頼する。これを引き受けたのがアントニオであり、ビウエラの調子を調え謳いだす。

38

恋とは

聞くところによれば、恋ってもんは銅《あかがね》を黄金《こがね》に、文無しを金持ちに、目垢《めあか》を真珠に見せるメガネを持ってるって言うじゃねぇか。

［サンチョ　後編一九章］

✠相思相愛のバシリオとキテリアの仲は、キテリアの望まない結婚により裂かれようとしていた。話を聞くうちに貧しくも好青年のバシリオに好意を抱いたサンチョは、好いた相手と一緒になるべきだと主張する。

39

恋愛の天敵は貧困と日々の欠乏

恋愛の天敵は貧困と日々の欠乏だと言うが、恋愛とはすべてが喜びに満ち溢れたものであるからな。恋人を愛してやまない男にとっては、なおさら困苦欠乏が敵《かたき》となるのだと、わしは言いたい。

［ドン・キホーテ　後編二一章］

✠ バシリオとキテリアという若い恋人たちへ向けた、ドン・キホーテの温かい忠告。

40

恋人の口約束

それにしても娘さんは、恋人の口約束なんぞを簡単に信じるべきではありませんでしたな。多くの場合、約束などというものは、言うは易《やす》く行うは難《かた》しと言いますからな。

〔ドン・キホーテ　後編五二章〕

✠公爵夫人に仕える老女は、騎士に自らの娘の名誉回復に手を貸して欲しいと真剣に頼み込む。騎士は厳粛な面持ちでその依頼を受けつつ、娘の軽率な行動をたしなめることも忘れない。

41

恋情が芽生えると

恋情が芽生えると、相手の立場は顧慮《こりょ》されなくなり、理性は顧《かえり》みられなくなる。その意味では死と同じ性質を持っている。王侯貴族の立派な城館だろうが、羊飼いの粗末な小屋だろうが、遠慮なく襲いかかるのだ。そして人の魂を完全に支配した暁には、何よりもまず恐れや恥じらいを取り去ってしまうのだ。

［ドン・キホーテ　後編五八章］

✠アルティシドーラがドン・キホーテに恋する乙女を見事に演じきったので、騙された主従は恋の力について語り合う。

42

恋は自由自在

恋の姿は目で見ることができないため、誰にも見咎《みとが》められることなく好きなところへ出入りできるのだ。

［地の文　後編五六章］

✠公爵は従僕トシーロスに、老女の娘を誑《たぶら》かした男になりきってドン・キホーテと決闘し、相手を傷つけずに負かすよう命じるが、トシーロスは娘を一目見るなり恋に落ちてしまう。

43

恋の治療法

恋患《こいわずら》いの特効薬は、熱が上がらないうちに目を醒《さ》ますことですからな。

〔ドン・キホーテ　後編四六章〕

✠公爵夫妻の侍女であり、悪戯好きで自由奔放なアルティシドーラは、ドン・キホーテに恋する乙女を演じて彼をからかう。すっかり騙された騎士は、情に流されぬよう自らの想い姫だけを胸に描き、諦めてくれるよう説得する。

44

恋の情熱に打ち勝つには

恋の情熱が湧いたときには、まずは逃げることだ。あの強力な敵に立ち向かうことは何人《なんぴと》たりとも不可能なのだ。なぜなら、人間の情念に打ち勝つには神の強力な力添えが必要だからである。

［地の文　前編三四章］

✠夫への忠誠心を守り抜いていたカミーラだが、ロタ－リオの再三にわたる求愛についに屈してしまった。いかに貞淑な女性であろうとも、恋の激しい衝動には打ち勝てないのだ。

45

真実の愛とは

真実の愛とは一人だけに向けられるもので、それも他人から強要されるものであってはなりません。自分の意志によるものでないといけないのです。

［マルセーラ　前編一四章］

✠彼女に言い寄る男たちへのマルセーラの反論。あまりに筋の通った立派な演説だったので、ドン・キホーテは彼女の肩を持ち、もう執拗に彼女を追いまわすのをやめるよう促す。

46

愛とは気高きもの

不精者には／勝利と栄誉は高嶺の花／運命との対峙を拒む者を／待ち受けるのはふしあわせ／心地よい惰眠《だみん》にただ／おのれの感覚を任せるのみ

愛とは気高きものゆえ／安易にその身を売らぬもの／好みで選んだ宝石こそ何よりも贅沢な宝物／労せず摑める安物に／価値がないのは当たりまえ

［貴族の学生　前編四三章］

✠偶然ドン・キホーテ一行と同じ宿に泊まることになった判事の娘は、夜中に騾馬《らば》引きの甘く切ない詩を聞いて突然むせび泣く。実は騾馬引きの若者は彼女に恋い焦がれて後を追ってきた同郷の学生であった。

47

愛の感情

恋人同士の間では、事が愛に及ぶや、その一挙手一投足が愛しい人の胸中に湧き起こる感情を伝えてくれる確実な便りなのだからな。

［ドン・キホーテ　後編一〇章］

✠愛しのドゥルシネーア姫への言伝《ことづて》をサンチョが届けに行ったと思い込んでいるドン・キホーテは、サンチョに姫の様子を事細かに尋ねる。

48

相手の気持ちを計るには

相手の行動を見れば、その人の心中そのものがはっきりわかるというものです。
［ドン・アントニオ・モレーノの妻の友　後編六二章］

✠どんな質問にも答えるという首を前に、ある夫人は夫に愛されているかと問いかける。「相手の仕草を見ればおのずと分かるだろう」という答えを受け、納得しながらこの質問は意味がなかったと振り返る。

49

本当の愛

本当の愛があれば、むやみに感情をさらけ出さないものである。

［地の文　後編六五章］

✠アルジェでモーロ人に拘束されていた若者ドン・グレゴリオは、バルセロナで恋人のアナ・フェリスと涙の再会を果たす。

50

子どもへの愛、躾、教育

子どもは親の骨肉の一部です。であれば、ちょうどわれらに生命を与えてくれる魂がたがいに愛し合うように、その子が良い子であれ悪い子であれ愛してやらねばなりませんぞ。親は幼い頃から、美徳の道、教育の道、良きキリスト教徒としての振る舞いを指し示してやるべきです。そうすれば、親が年老いたときの杖となり、また末代までの栄光を生みましょうぞ。だが、子どもらにあれを学べ、この学問をやれなどと強要するのは、どうも感心しませんな。ただし、言って聞かせる程度なら問題はないでしょうが。

［ドン・キホーテ　後編一六章］

✠主従は道中緑色外套の紳士に出会い、彼の息子の教育について相談を受ける。ドン・キホーテはそのちぐはぐな出で立ちや行動とは裏腹に、理路整然とした持論を展開し、紳士を驚かせる。

51

父親の愛情

息子たちよ、わしがどれほどお前たちを愛しているかを表すには、お前たちがわしの息子であると認識し、明言することで充分であろう。

［捕虜の父親　前編三九章］

✠異国の地から故郷スペインへ逃げ帰ってきた捕虜の身の上話。彼の父親はかなりの放蕩者であったが、あるとき三人の息子たちに遺産を分け与え、身辺の整理をする決意をする。

52

子どもの権利、親の義務

下劣で粗悪なものから選ばせると言っているのではなく、種々多様な中から良いものだけを推薦し、そこから好きなように選ばせてやるべきだと言うんです。

［山羊飼いの男　前編五一章］

✠山羊飼いの若者の語った話。ある娘の婿選びに関して、親は子どもの自由意志を尊重するべきだが、それ以前にまず上質なものだけを選択肢として厳選する義務があると説く。

53

真の友情、心づかい

ロターリオはアンセルモの家を訪ねるのをできるだけやめるよう気を配った。彼は慎みのある人間なら誰もが当然だと思うように、次のように考えたからである。すなわち、結婚した友人の家に、独身だった頃と同じような気持ちで足繁く通うのは良くないことである、と。なぜなら、真の友情に疑念が生じることなどありえないし、また生じてもならないのだが、既婚者の名誉は非常に繊細な問題であるため、血を分けた兄弟でさえも侮辱しかねないし、ましてや友人ならなおさらのことである。

〔地の文　前編三三章〕

✠固い友情で結ばれたロターリオとアンセルモのあいだに起こった悲劇を語る長い物語。ロターリオがアンセルモに示す友愛と敬意の念がいかに深いかが見てとれる。

54

友に手を貸すとき

ぼくらの友情を神の意志に背くようなかたちで利用すべきじゃないってことだよ。(……)もし天の意向に背いてでも友人の尊厳を守るために手を貸すようなことがあれば、それは些末《さまつ》なことやその場凌《しの》ぎの対応ではなく、友の名誉と生命にかかわるようなことのためでなくちゃいけないんだ。

[ロタ―リオ　前編三三章]

✠妻の貞節を試すために親友に妻を誘惑させようとするアンセルモに対し、友人のロタ―リオはこう主張する。

55

過ちをたしなめてくれる友

ロタ―リオはまた、結婚した男はそれぞれ日々の振る舞いで犯しうる過《あやま》ちをたしなめてくれる友人を持つべきだと主張していた。というのも、夫が妻を熱烈に愛するあまり、彼女を怒らせまいとして、妻の行いについて言い聞かせたり忠告したりできなくなるからだ。特にその行為が栄誉や誹謗《ひぼう》の対象となりうるとき、忠告してくれる友人がいれば、何事も丸く納まるというわけである。

［地の文 前編三三章］

✠ロタ―リオの夫婦に関する見解が続く。

56

他人の本心

要するに、他人の本心を見抜くには長いことかかるもんだとか、この世で確かなことなんて何一つねぇだとか、うまく言ったもんでさあ。

［サンチョ　前編一五章］

✠ロシナンテの突然の暴走が発端となり、身体中痛めつけられたドン・キホーテ主従。直前の冒険での活躍とは打って変わり、目も当てられない姿の主人を見たサンチョが、このような感想を述べる。

57

人間の性質

「どんな連中とつき合ってるか言ってみろ、お前がどんな人間か答えてみせよう」と言うし、「誰から生まれてきたかじゃなく、誰と過ごしてきたかが重要なんだ」とも言うしな。

［サンチョ　後編一〇章］

✠実在しないドゥルシネーア姫への取りつぎを命ぜられたサンチョは、主人についた嘘の発覚を恐れて頭を抱える。しかし、あれほど狂った主人に長らく仕《つか》えているなら自分も同じように頭がおかしいと言えるだろうと開き直り、主人の妄想癖を利用した大胆な策を思いつく。

58

生得の良い資質

お前には生まれつき良い資質が備わっており、それがあってはじめて学問が生きるというものだ。神の御心に身をゆだね、初志貫徹《しょしかんてつ》に努めるがよい。与えられた案件がどのようなものであれ、確固たる意図を持ってとりかかるのだ。神はいつでも良い心がけを持つ者に心を傾けて下さるからな。

［ドン・キホーテ　後編四三章］

✠島の統治を任ぜられたサンチョに、ドン・キホーテは良き領主であらんがための諸々《もろもろ》の忠告をする。

59

下劣な人間とは

下劣な人間は、自分に利がないと判断した約束を平気で破るものだ。

［ドン・キホーテ　前編三一章］

✠主人に鞭打たれていた少年を助け、主人に賃金を払うよう命じたドン・キホーテ。後日、偶然再会した少年にその後の経緯を聞くと、主人は金を払うどころか少年をさらに痛めつけたのだと言う。それを聞いてあきれたドン・キホーテはこのように呟く。

60

ドン・キホーテの本性

この善良な郷士はその狂気に関係することを言いだせばたちまち愚行に走るのですが、他のことに関して言及する際には極《きわ》めて優れた理性を見せるし、明快で温厚な判断力を如何《いかん》なく発揮します。こと騎士道にさえ触れなければ、誰もが彼を優れた理性の持ち主と評するでしょうね。

［司祭　前編三〇章］

✠司祭をはじめとする一行は、ドン・キホーテの狂気を利用して彼を故郷へ連れ帰る作戦を実行に移す。彼らの目論見《もくろみ》は順調な滑りだしを見せるが、それにつけても騎士の奇妙な狂気の性質は皆を驚かせてやまない。

61

ドン・キホーテの心は澄んでいる

いいかね、うちの旦那はずるい心なんぞ、これっぽっちも持っちゃいねぇ。まるで水瓶《みずがめ》の水のように澄んだ魂の持ち主さ。人様に悪さをするどころか、善を施《ほど》すことばかり考えて、下心の欠けらもねぇ。いたずら坊主が旦那に真っ昼間を夜だと信じ込ませようとすりゃ、そんなの朝飯前さね。それほど無邪気な人だから、おいらはまるで自分の心臓みたいに好きになっちまってね。だから、どんなにめったやたらな振る舞いをされても、見捨てるなんてこたあできっこねぇんだ。

［サンチョ　後編一三章］

✠森の中で、とある騎士と従者に出会い、サンチョはその従者と各々の主人の性質について語り合う。

62

女とは

わたくしたち女というものは、たとえ器量良しでなくても、美人だねと言われるとやっぱりいつでも嬉しいものなのです。

［ドロテーア 前編二八章］

✠わけあって男装した姿で山に単身分け入った美しいドロテーアの身の上話。いなせなドン・フェルナンドに執拗に求婚され、彼女は捨てられるとも知らずにその熱意にほだされてしまう。

63

女の本性

「それが女の本性というものだな」とドン・キホーテは口を挟《はさ》んだ。「愛してくれる者にはつれなくし、振り向きもしない男ばかりを追ってしまうのだ」

［ドン・キホーテ　前編二〇章］

✠正体不明の恐ろしい轟音があたり一面に鳴り響く中で夜明かしをすることになったドン・キホーテ主従。恐怖を紛《まぎ》らわすためにサンチョは知り合いから聞いたある恋の話を披露する。

64

女は人目を惹こうとするもの

女ってのは、美しければなおさらのこと、いくら貞操を守っていようと、おしゃれをして人目を惹こうとするもんさ。

［アンセルモ　前編三三章］

✠言葉による誘惑では妻は不貞を働かないという結果に満足したアンセルモは、今度は彼女が物による誘惑にも耐えられるかどうか試そうと奸計をめぐらす。

65

女の機転

女というのはじっくり思索をめぐらすことに関しては不得手である代わりに、良くも悪くも機転が利くということにかけては、思うに男よりも優れているものだ（……）。

［地の文 前編三四章］

✠ロターリオとの不義が夫に気づかれてしまう前に、カミーラはとっさの策を思いつき、難局を乗り切る方法を見つける。

Ⅱ―2

喜怒哀楽、嫉妬、陰口、からかい、気取り

66

悲しみが過ぎると獣になる

悲しみは獣《けもの》には与えられなかった人間らしい感情だけど、あんまり悲しみすぎると、かえって獣になっちまいますよ。

［サンチョ　後編一一章］

✠サンチョの計略にかかってドゥルシネーア姫が魔法で田舎娘に変えられてしまったと塞《ふさ》ぎ込むドン・キホーテ。サンチョは計略がうまくいったことに安堵しつつ主人を慰める。

67

同じ苦労を抱える仲間と一緒なら

自分とおんなじ苦労を抱えている仲間がいるとほっとするって言うけど、あんたといっしょなら元気が出るってもんよ。

［サンチョ　後編一三章］

✠森の中で自分と同じ境遇の男と出会い、サンチョは親近感を覚える。しかし実はこの男、とある騎士の従者を装っているだけの真っ赤な偽者であった。

68

激怒

いったん怒り心頭に発すれば、父親の説得も、養育係の言葉も、いかなる歯止めも意味をなさないのですから。

［ドン・キホーテ　後編二七章］

✠ある村と村の諍《いさか》いの調停役を買って出たドン・キホーテ。両者の間で堂々と演説を繰り広げる。

69

軽蔑、嫉妬は人を殺す

軽蔑は死の宣告、かたや疑念は／真偽《しんぎ》も問わず忍耐を蝕《むしば》む／嫉妬はその剛腕で息の緒《お》を断ち切る

［グリストモの詩　前編一四章］

✠恋い焦がれる女性に袖にされ、失意のあまり亡くなったグリストモの絶命の詩。

70

嫉妬

誰のことも愛してない人が、人に嫉妬を抱かせるはずがありません。断られたからといって軽蔑されたと思うのはお門違《かどちが》いってものです。

［マルセーラ　前編一四章］

✠佳人マルセーラは、自分に対する一方的な失恋から死んでしまったグリストモの恨みがましい詩の文句に抗議する。

71

嫉妬

嫉妬がはびこるところじゃ美徳は死んじまうし、しみったれと一緒じゃ寛大さだって育たねぇ。

［サンチョ　前編四七章］

✠知り合いの司祭が主人を無理やり村へ連れ帰ろうとするので、サンチョは不満の声を上げる。

72

嫉妬の浅ましさ

どのような悪にも、何かしらの楽しみというものがある。だが、妬《ねた》みにはそうした感情は起こらず、ただ不快、恨み、怒りのみが湧くものだ。

［ドン・キホーテ　後編八章］

✠自分の冒険をでっち上げた偽物の書が世に出まわっていると聞いて、その栄光を妬んだ男が書いたのだろうと決めつけたドン・キホーテは、嫉妬の浅ましさを呪う。

73

妬み屋

妬み屋にかかれば、どんな素晴らしい幸運だって安泰とはいかないね。

［サンチョ　後編五章］

✠サンチョは、貧しい人間が高い地位に就いても人物ができていれば誰もがその出世を受け入れると意見したうえで、こう付け加える。

74

陰口屋

悪口ばかり言う輩《やから》ってのは、そこいらの街角にわんさかいるもんさ。まるで蜂の群れみたいにね。

［テレサ　後編五章］

✠島の領主になろうと息巻くサンチョとは反対に、身分不相応の地位を手に入れたらどんな陰口を言われるかわからないと危惧する妻のテレサ。

75

陰口をたたく

お前の確かな良心の声に従うがいい。言いたい者には言わせておくのだ。陰口をたたく人間の舌を縛るのは、広野に扉を設《しつら》えるようなものだからな。

［ドン・キホーテ　後編五五章］

✠島の領主に任命されるも、酷い目にあって主人のいる公爵家まで逃げてきたサンチョは、主人と久々に顔を合わせる。野次馬の学生がサンチョの体たらくを笑うが、ドン・キホーテは従者の味方をする。

76

人をからかう者たち

人をからかう者はからかわれる者と同じくらいどうかしている。現に公爵夫妻はあれほど熱心に二人の愚か者をもてあそんでいるとなれば、夫婦はあの二人の狂気と紙一重のところにいることになる。

［地の文　後編七〇章］

✠戦いに負けて故郷へ帰るドン・キホーテにさらなる悪ふざけを加えようと綿密に計画を立てる公爵夫妻の執拗なまでの熱中ぶりを見て、作者はその思いを述べる。

77

人を傷つける冗談

誰かを傷つけるような冗談はあってはならないし、第三者に害がおよぶ暇つぶしもまた、良しとすべきではない。

［地の文　後編六二章］

✠バルセロナで一行を迎え入れたのは裕福な騎士ドン・アントニオ。彼はドン・キホーテの狂気に大いに興味をそそられつつも、相手を愚弄《ぐろう》しないよう、いかにしてその狂気を楽しむべきか思案する。

78

奇を衒うのは良くない

ゆっくりと歩き、落ち着いて話すのだ。しかし、自分の言葉に聞き惚れるような話しぶりはいかんぞ。奇を衒《てら》うのはよくないからな。

［ドン・キホーテ　後編四三章］

✠島を統治する任を命ぜられたサンチョに、ドン・キホーテは彼の所作に至るまで細かく忠告する。

Ⅱ-3

美徳、感謝、慎み深さ、高慢

79

美徳は魂を飾る

名誉と美徳は魂の飾りであって、それらを備えていない身体なんて、たとえ美しく見えても意味をなさないのです。

［マルセーラ 前編一四章］

✠グリストモをはじめ多くの男性から言い寄られた佳人マルセーラは、結婚する意志などないことや、自分自身の高潔な女性観について雄弁に語る。

80

真の貴族性は美徳の中にあり

真の貴族性というものは美徳の中に見出されるものです。だから、もしあなたが美徳を欠き、私に対して責任ある行動をとらなければ、私はあなたよりも高貴な立場に立つことになるでしょう。

［ドロテーア　前編三六章］

✠婚約しておきながら自分を棄て、別の女性を拐《かどわ》かしたドン・フェルナンドに対し、復縁を迫るドロテーアの言葉。

81

武による徳行

美徳はどうしたって人目につくものですし、それが武によってもたらされたのならなおさらのこと、他のどんな徳よりも輝いて映るのです。

［ドン・アントニオ・モレーノ 後編六二章］

✠バルセロナでドン・キホーテを迎えた紳士ドン・アントニオ・モレーノ。ちょっとした悪ふざけのつもりで老騎士の背中にこっそり彼の名前が書かれた紙を張りつけておいた。バルセロナの民はそれを見てひそひそとささやきあう。それを聞き、自分がすっかり有名になったと勘違いしたドン・キホーテに、ドン・アントニオはこのように答えて悪戯をごまかす。

82

美徳、誹謗

何かをするにつけ美徳が人目を惹くようになると、誹謗の的となるのは必至だ。過去の高名な偉人たちの中にも、悪意のある中傷を逃れた者は一人としていないのだからな。

［ドン・キホーテ　後編二章］

✠自分の騎士ぶりは村で何と噂されているかをサンチョに尋ねるドン・キホーテ。従者の答えはあまり良いものではなかったが、主人はその返答をあくまでも前向きに捉える。

83

美徳、富、徳行

偉大で素晴らしい家柄と評されるためには、美徳と富と気前の良さを備えていなくてはならん。（……）なぜなら、身分が高くても悪徳が目立つような家系ならば悪名高くなろうし、寛大な心を持たない金持ちはけちな乞食と大差はない。また、金持ちはその富をただ持っているより使ってしまうほうが、もっと言えばより良い方法で使うほうが幸福に満たされるのだからな。懐《ふところ》の寒い騎士が美徳を備えた立派な騎士と同等であることを示すには、以下のことに留意すればよい。優しく育ちの良い人間であること、礼儀正しく節度があること、尽力を惜しまず、傲慢で尊大な態度をとらないことが肝要だ。陰口などは論外だし、何よりも慈悲深くなくてはならんのだ。

［ドン・キホーテ　後編六章］

✠主人公は屋敷にて、姪と家政婦に家柄と人柄についての持論を述べる。

84

美徳への称賛

賛辞は常に美徳への褒賞《ほうしょう》であるゆえ、高潔な人間であれば、必ず称賛されるようになっているからな。

［ドン・キホーテ　後編六章］

✠前項で説いたような美徳を兼ね備えた騎士ならば、必ずや人々の称賛を得ることができるだろうとドン・キホーテは述べている。

85

名誉、美徳

貧しい人間でも名誉を保つことはできますが、悪癖のある者はそれができません。貧しさは人の気品を曇らせても、それを完全に覆い隠すことはないのです。美徳はみずから何らかのかたちで光を発するので、貧窮にあえいでいようとも気高く高邁《こうまい》な精神によって評価され、引き立てられるのです。

［後編序文］

✠何者かによって贋作《がんさく》の『ドン・キホーテ』が出版され、あろうことか本当の作者であるセルバンテスを批判する発言が書かれた。セルバンテスはこれに対抗し、後編の序文で「貧しい人間にも美徳は宿り、その徳を認め愛してくれる人が必ず現れるものだ」と書いている。

86

美徳、悪徳

美徳への道は狭く険しいが、悪行への道は広くゆったりしていることをわしはよく存じておる。さらに、両者の道が別々の終着点へと繋がっておるということもな。つまり悪行の道は広くて通りやすいが、待ち構えているのは死のみであるのに対し、美徳の道は狭く困難ではあるが、命の道へと通ずるのだ。それはつまり人生の終着点ではなく、終わりのない永遠の命を得ることができるということだ。

［ドン・キホーテ　後編六章］

✠美徳に関する見識を披露するドン・キホーテ。これほどまでに理知的な人物であるのに、彼はその美徳を騎士道の実践によって身につけようと画策しているため、姪は頭を抱える結果となるのだ。

87

美徳を旗印に

美徳を旗印として、善行に重きを置くならば、王侯貴族という肩書を持つ人間に対して何も気後《きおく》れする必要はないぞ。なぜなら、血統は引き継がれるものだが、美徳は個人が身につけるもの、それゆえただ受け継がれるだけの血統にくらべれば、美徳はそれだけで価値があるということになる。

［ドン・キホーテ　後編四二章］

✠たとえ身分の低い出自であろうと、本人が美徳さえ備えていれば誰にも気後れすることはない。ドン・キホーテの言葉には島の領主という任に就くサンチョを思いやる心がにじみ出ている。

88

美徳を欠いた学問

美徳を欠いた学問なんてごみ溜めの中の真珠にすぎません。

［緑色外套の紳士　後編一六章］

✠緑色外套の紳士ことドン・ディエゴは、息子が法律や神学ではなく、価値のない詩学にばかりのめりこんでいるのだという悩みをドン・キホーテに打ち明ける。

89

美徳、行動

わしの信ずるところでは、いくら寛大な心を持っていようと、貧しければ持ち前の美徳を活かすことはできませんし、また感謝の気持ちも心の中で思うだけなら、行動が伴わない信仰と同じで、まったく活かされないのです。

［ドン・キホーテ　前編五〇章］

✠故郷へ無理やり連れ戻されることになったドン・キホーテは、道中参事会員と出会い食事をともにする。その席で老騎士は持ち前の長広舌をふるう。

90

感謝の気持ち

遍歴の騎士道の息吹《いぶき》にほんの少し触れただけで、思いもよらないことだが、お前はいきなり島の領主の地位を手に入れてしまった。おお、サンチョよ、わしがお前に言いたいのは、このたび授かった恩恵がお前の功績によるものではなく、神の恩寵の賜物《たまもの》、ひいては遍歴の騎士道が内に秘める崇高な精神の賜物であることを決して忘れてはならないということだ。［ドン・キホーテ　後編四二章］

✠ひょんなことから島を手に入れたサンチョに、感謝の念を忘れるなと釘を刺す主人の言葉である。

91

恩に報いるには

相手の親切な行為に報いることができないときは、代わりに恩に報いたいという気持ちを持ち、それでも足りぬときには、そうした意志を相手に伝えるようにしております。受けた恩を口に出してはっきりと示す人間は、できることなら行動で示し、それに報いたいと思っている人間だからです。

［ドン・キホーテ　後編五八章］

✠食事をご馳走してくれた羊飼い姿の若者たちに、騎士は礼を尽くして感謝を伝える。

92

忘恩は傲慢から

よく言われるように、忘恩は傲慢から生じるもので、大罪の一つに数えられている。恩を施してくれた者に対して感謝の念を忘れない人間は、幾多の富をお与えになる神に対しても同じように謝意を表すものだ。

［ドン・キホーテ　後編五一章］

✠領主になったサンチョの様子がよほど心配なのか、ドン・キホーテは手紙でも従者の礼儀作法についてお節介を焼く。

93

慎み深い人

わたくしは陰口を好まず、人から面と向かって悪口を言われることにも耐えられません。他人をあれこれ詮索したり、他人のすることに目を光らせたりすることを良しとしない性分です。毎日ミサに通って貧しい人たちに富を分け与えますが、それをひけらかさないよう気をつけています。おのれの心に、慎みをもやんわりと支配してしまう偽善や虚栄が入り込んでは困りますからね。

［緑色外套の紳士　後編一六章］

✠主従が道中で出会った善良な紳士の人となり、およびその暮らしぶりが語られる。

94

身のほどを知る

常におのれを振り返り、自分は何者であるかを自覚するのだ。もっとも、これは想像しうるかぎり最も難しいことなのだがな。自分をよく知っておれば、雄牛と大きさ比べをしようとした蛙《かえる》のように思い上がることもなかろう。万が一驕《おご》る心が生まれたときには、田舎で豚の世話をしていた頃のことを思い出すがいい。そうすれば虚栄という名の、孔雀《くじやく》の美しい尾羽の陰にある、お前の愚行がもたらす二本の醜い足という現実に気づかされるだろうからな。

［ドン・キホーテ　後編四二章］

✠農民からいきなり権力者となったサンチョ。だからといってあまり天狗になってはいけない、身のほどをわきまえよと、彼の主人は念を押す。

Ⅱ－4

賢者、愚行、分別

95

賢者のやり方

撤退は敗退とは違いますって。危険が大きすぎて希望が持てねぇのに、危険を待ち受けるなんてとんでもねぇことです。今日はやり過ごして明日に備え、一日のうちに何もかも片づけようなんて考えねぇのが賢い人間ってもんですよ。

［サンチョ　前編二三章］

✠何度酷い目に遭っても騎士道物語の騎士たちにならって次々に向こう見ずな冒険を繰り広げるドン・キホーテ。巻き込まれて苦労の絶えないサンチョは主人を諫《いさ》めてこう言う。

96

愚かな行為とは

ガラスの屋根の下に住み／手にした石を振りあげて／隣家の屋根に投げるは／愚かな行為なり／（……）乙女のご機嫌伺いで／愚作、駄作を書きつらね／世に出すばかりの恥知らず

〔詩　前編序文〕

✠『ドン・キホーテ』を刊行するにあたってセルバンテスが添えた、騎士道物語の様々な登場人物や英雄から『ドン・キホーテ』の登場人物に宛てられたメッセージという形をとった詩。

97

愚行

女はガラスでできている／それを砕けるかしらと／試してみるのは愚かなり／万一のこともあり得るのだ／砕いてしまうは容易《たやす》いけれど／二度と元には鋳直《いなお》せない／むざむざ危険を冒すとは／まさに分別を欠いた行為なり

［ロターリオ　前編三三章］

✠申し分のない妻をもらったアンセルモは、それでも彼女の貞淑さがどれほどのものであるか試したいという。親友のロターリオは、詩を引用してまで彼の考えを改めさせようと苦心する。

98

分別、上品な言葉づかい

分別は上品な言葉づかいのための文法です。ただし、普段から美しい言葉を使うよう心がけていればの話ですがね。

［学士　後編一九章］

✠偶然出会ったサラマンカ大学出身の若者たちは、道すがらドン・キホーテたちと言葉づかいについての持論をぶつけ合う。

99

分別

確たる証拠もないままに／他人を詮索するなかれ／自分にかかわりなきことに／口を出さぬが分別なり

〔詩 前編序文〕

✠『ドン・キホーテ』本編が始まる前に添えられた序文には、騎士道物語に登場する英傑や本編に登場する主要人物へ寄せた賛辞が記されている。

100

中道にこそ分別の鍵あり

美徳の父であると同時に、また諸悪の継父でもあれ。常に厳格でありすぎても、寛容でありすぎてもならん。その中道を往くのだ。そこにこそ分別の鍵があるのだからな。

［ドン・キホーテ　後編五一章］

✠島へ赴任したサンチョの統治ぶりが気になるドン・キホーテは、その暮らしぶりを尋ねると同時にさらなる忠告を記した手紙を書く。

Ⅱ－5

勇気、臆病

101

危険に身をさらし、神を試すな

奇跡でも起きなきゃ無事では済まねぇようなとんでもねぇことをしでかして、いたずらに神様を試すなんてことは良くないですよ。

［サンチョ　前編二〇章］

✠夜、野宿をしようと思っていたところへ謎の轟音が響き渡る。恐れをなす二人。それでもドン・キホーテは勇敢にも音の正体を突き止めようとするので、サンチョは真っ青になって主人を引き留める。

102

勇敢な心の持ち主

旦那、勇敢な心の持ち主ってのは、ついてるときに喜ぶように、不幸のさなかでも辛抱するもんです。

［サンチョ　後編六六章］

✠銀月の騎士との戦いに敗れ意気消沈する主人を、サンチョはこのように励ます。

103

本当の勇気は

わしは本当の勇気とは何かを心得ております。それは、臆病と無謀といった両極端をなす双方の悪癖の中間にある美徳なのです。しかし、どちらかといえば勇気に大胆さが加わった振る舞いのほうが、腰砕けに終わるよりは幾分ましであろうと思われるのです。

［ドン・キホーテ　後編一七章］

✠大胆にも檻に入れられたライオンに決闘を申し込んだドン・キホーテ。運良く無傷でこの冒険から帰還するが、彼と知り合ったばかりの緑色外套の紳士は、狂気としか思えないその所業に驚きを隠せない。そんな紳士の様子を見て、ドン・キホーテは誇らしげに騎士道を語る。

104

勇敢な男

勇敢な男が逃げるときは、ぺてんが明らかになったときである。賢者は用心深く、より良い機会が来たときのために備えておくものだ。〔地の文　後編二八章〕

✠二つの村の争いを調停しようとしたドン・キホーテ。しかし、サンチョが余計な口を挟んだせいで火に油を注ぐ結果となってしまい、こうなると主従はもはや逃げるしかなかった。

105

思慮分別に欠ける勇気

思慮分別に欠ける勇気は無謀以外の何物でもない。そしてその無鉄砲によって得られる偉業は、彼の勇気によってというよりは単に運が良かったから成し遂げられたにすぎないのだ。

［ドン・キホーテ　後編二八章］

✠村の争いに巻き込まれ、ほうほうの体で逃げのびた主従。勇敢なはずの騎士が従者を置いてさっさと逃げるなんてと主人を非難するサンチョに、ドン・キホーテはこう言い返して自らの正当性を主張する。

コラム

ユーモア（二）
妄想の暴走

『ドン・キホーテ』の物語の醍醐味は、なんといっても風変わりな老騎士とその従者が巻き起こす珍事件の数々でしょう。現実世界で起こるさまざまな現象を騎士道物語と結びつけてとらえるドン・キホーテの両眼には、風車が巨人に、羊の大群が軍勢に、金だらいが兜《かぶと》に映るのです。周囲がいくら否定し説得しても、まったく耳を貸す気配なし。彼の脳内で創りあげられた世界と矛盾する出来事はすべて悪の魔法使いの仕業と片づけてしまうのですから、本当に困ったものです。

ここでとっておきのエピソードをいくつかご紹介しましょう。

ある宿屋で一夜を過ごすことにしたドン・キホーテ主従。宿屋の下女マリトルネスは同じく宿に泊まっている馬方とこっそり夜の逢瀬《おうせ》を楽しもうと部屋に忍び込みます。ところが、彼女が入った部屋はドン・キホーテの部屋でした。宿を城塞と思い込んでいる騎士は、てっきり自分に恋焦がれる姫が人目を忍んでやってきたのだと勘違いし、彼女を腕に抱きとめてしまいます。おかしなことに、お世辞にも美人とは言えないマリトルネスの容姿も、腐ったタマネギのような口臭も、粗末な着物も、妄想にとらわれたドン・キホーテの目にはきらめく夢物語に登場する姫君のように映るのです。びっくりしたマリトルネスは悲鳴を上げ、その声で飛び起きた馬方は怒り狂い、騎士に鉄拳を加えます。このエピソードでいちばん気の毒なのはなんといっても、事情を知らないまま騒ぎに巻き込まれたサンチョでしょう。マリトルネス、馬方、そして騒ぎで飛び起きた亭主に散々殴られ、ただでさえ昼間のあいだに酷い目に遭って傷だらけのサンチョの体はもうぼろぼろです。

　この宿屋の事件から数日後のこと、ドン・キホーテはある女性の望みを叶えるために友人の司祭と床屋と合流し、ふたたび同じ宿屋に宿泊します。深夜、寝室のほうから突如怒号が響き渡り、よもやま話をしていた司祭や床屋たちが驚いて駆けつけると、ぐっすり眠ったドン・キホーテが、夢の中の巨人と死闘をくり広げ、めったやたらに剣を振りまわしているところでした。ついには部屋にあったぶどう酒の革袋を一刀両断し、勢いよく吹き出す酒を血と勘違いして巨人の首を討ちとったと得意がるのです。サンチョまでもが、ついに主人が武功を挙げたと大喜びします。どうやらドン・キホーテの妄想には他人にまで色眼鏡《いろめがね》をかけさせる力があるようです。反対に宿屋の亭主は、思わぬ損害にがっくりと肩を落とす始末。わけのわからない騒動に二度も巻き込まれたのですから無理もありません。

　またあるとき、公爵邸でまんじりともせずに夜を過ごすドン・キホーテのもとに夫人たちの悪戯によって数匹の仔猫が放り込まれ、暗いところで得体の知れない生き物が走りまわっているのを感じとり戦慄した老騎士は、悪魔がやって来たものと思い込み、やみくもに剣を振りまわします。ところが、お返しとばかりに仔猫は彼の鼻っ面にがぶりと噛みつきます。小さな仔猫にすら敗北を喫した哀れな騎士は、それから数日間すっかり塞ぎ込んで自室に籠もってしまいました。

　このように、ドン・キホーテのおかしな武勇伝は常にわれわれに微笑みをもたらしてくれるのです。

Column

Ⅲ

社会生活と処世術

Ⅲ—1

現実社会、善意、悪行

106

怠惰、安逸、悪徳などのはびこる社会

しかし今や勤勉よりも怠惰《たいだ》、苦労よりも安逸、美徳よりも悪徳、勇敢さよりも傲慢、武器を使う実践よりも机上の空論ばかりが目立つ。武が息づいて輝いていたのは、かつての黄金の世紀と遍歴の騎士道の中だけなのだ。

［ドン・キホーテ　後編一章］

✠故郷へと無理やり連れ戻されたドン・キホーテ。しかし彼の頭から騎士道物語が抜ける気配はまったくない。なんとか説得しようと苦心する友人たちに、現世にはびこる悪徳を正す騎士道の重要性について主張する始末である。

107

この世には悪意もずる賢さもある

下心やごまかしやずる、が混じってないものなんて、どこにも見当たらないからね。

［サンチョ　後編一一章］

✠サンチョの企みにはまり、憧れのドゥルシネーア姫が醜い田舎娘の姿に変えられてしまったと思い込み、すっかり意気消沈するドン・キホーテ。裏切り者の従者は落胆する主人に慰めの言葉をかける。

108

決して眠ることのない悪魔

けっして眠ることのない悪魔はそこかしこに争いや不和の種をまき散らすことを信条としており、風に噂を流しては些細なことから大事を巻き起こすものです。

［武器を運ぶ男　後編二五章］

✠道で偶然出会った男が、ドン・キホーテに面白い話を語って聞かせる。仲の良かった二つの村の村長のおかしな話が、いつの間にか村中を巻きこむ争いへと発展した。このような悲劇は悪魔の仕業に違いないと男は語る。

109

追従

もし真実が追従《ついしょう》というベールをまとうことなく赤裸々に王侯貴族の前で語られるとすれば、この先の幾世紀にくらべて、われわれの時代のほうがはるかに輝きに満ちた時代となるであろう。

［ドン・キホーテ　後編二章］

✠故郷の村での自分の評判はどうであるか、サンチョに尋ねるドン・キホーテ。自分を気づかって事実を曲げたりせずに、ありのままを話すよう頼む。

110

人を傷つけない、傷つけられない

おいらの五感ぜんぶを働かせて、誰のことも傷つけたり、傷つけられたりしないよう気をつけているんでさ。

［サンチョ　前編二一章］

✠どのような怪我もたちどころに治すという霊薬フィエラブラスを作るから安心するようにというドン・キホーテの進言に対して、すでにその薬のせいで散々な目に遭っているサンチョは、怪我をしないよう細心の注意を払っているから問題はないと断る。

111

強い意志と希望を持て

重要なのは何事においても強い意志を持つこと、そしてやり通せるという希望を持つことです。そうすれば、さして知識も持ち合わせていない総督たちが顧問の助けを得て行政をとりしきるように、彼らに忠告を与え正しい道を示してくれる人物にはこと欠かないでしょう。

［ドン・キホーテ　後編三二章］

✠後編では、『ドン・キホーテ』前編はすでに出版されていることになっており、それを読んだ公爵夫妻はドン・キホーテに、遍歴の旅の途中で起こったことについていくつか質問をする。ドン・キホーテはその一つひとつに答え、さらにサンチョを評して学のない男だが島を統治する能力は充分にあると太鼓判を押す。

112

卑しい人間に善を施すことは

卑しい人間に善を施すことは大海に水を注ぐことに等しい、というのはよく耳にする言葉だな。

［ドン・キホーテ　前編二三章］

✠親切心から囚人たちに自由を与えたのに、恩を仇で返されたドン・キホーテ。気落ちし、痛む体を起こしながらサンチョにこう話しかける。

113

悪意であしらうな

善意でもってできることを悪意であしらうのは賢明とは言えないことぐらい承知していますから、そちらの捕吏《ほり》と警吏の旦那方には彼らの縄を解き、自由の身にしてもらいたいものですな。

［ドン・キホーテ　前編二二章］

✠囚人が鎖につながれて護送される場面に出くわしたドン・キホーテ。行列に並行して馬を進めながらそれぞれの罪状を聞いたのち、騎士道の本に書かれていた道理に従って彼らを解放するよう役人たちに願い出る。

114

悪人に忘恩はつきもの

悪人が恩知らずというのは世の常で、困窮は悪に手を染める機会をつくり、未来の展望よりも当座しのぎの措置を優先させてしまうものである。*

［地の文　前編二三章］

＊この言葉が含まれているエピソードは初版には書かれておらず、数か月後に出版された第二版で新たに挿入されたものである。

✠ドン・キホーテによって解放された囚人の一人、ヒネス・デ・パサモンテは追っ手の目を逃れて山中に身を隠したのだが、そこで奇しくもドン・キホーテ主従が無防備に眠っているのを見つけた。薄情なヒネスは鎖から解き放ってもらった恩義も忘れ、彼らの持ち物と大事なロバを盗む。

Ⅲ-2

忠告、裁き、慈悲

115

女の忠告

女の忠告なんてたかが知れてるけど、それを聞かねぇのは馬鹿げてますって。

［サンチョ　後編七章］

✠ふたたびドン・キホーテと旅に出る準備を進めるサンチョは、妻テレサの忠告を聞き入れ、主人から定期的に給金を払ってもらう約束を取りつけようと試みる。

116

身になる叱咤

身になる叱咤《しった》というものは、とげとげしい言葉よりも柔和な言葉でこそ人の心に沁みるのです。

［ドン・キホーテ　後編三二章］

✠公爵の館に迎え入れられたドン・キホーテが公爵夫妻と一緒に食事をしていると、館に住む聖職者がドン・キホーテの狂態に耐えきれず声を荒げて彼を非難した。騎士道を侮辱されて激昂《げきこう》したドン・キホーテは、癇癪玉《かんしゃくだま》を抑えつつ聖職者のいきすぎた言葉をたしなめる。

117

貧者への裁き

金持ちの言い分よりも貧しい者の涙に同情の涙を流すがいい。ただし、あくまで公正な立場から外れない範囲でな。貧者のすすり泣きと懇願の中だけでなく、金持ちの根まわしと賄賂《わいろ》の中にも、真実というものを見定めてやらねばならんのだ。

［ドン・キホーテ　後編四二章］

✠人を裁く立場の者は、公平さを保ちながらも弱者に憐憫《れんびん》の情をかけなくてはならない、というドン・キホーテの思慮深い忠告である。

118

罪人には寛大な慈悲を

お前が誰かを罰するときは、けっして相手を言葉で傷つけてはならんぞ。その不幸者は体刑を受けるだけで充分なのだから、余分な罵倒は一切加えぬようにな。罪人がお前の権限のもとで裁かれるときは、その男を人間の邪悪な本性に抗えなかった哀れな人間と思うがいい。最良の策を考えて、貶《おとし》めるのではなく、逆にできるかぎり慈悲深い寛大な心で見てやることだ。なぜなら、神の属性はみな等しく価値あるものだが、われわれにとっては正義を振りかざすよりも慈悲をかけるほうがより優っているし、輝かしいことだからな。

［ドン・キホーテ　後編四二章］

✠領主という職務に必要なのは厳格さよりも慈悲深い心なのだと、ドン・キホーテはサンチョに言って聞かせる。

119

慈悲の心による公正な裁き

公正が保たれているかぎり、法の名のもとで罪人に重すぎる罰を与えてはならん。厳格な裁判官が人を慈《いつく》しむ裁判官よりも評判が高いとはかぎらないからな。もし剛直な裁きの杖が曲がることがあるとすれば、それは賄賂の重みによってではなく、慈悲の心によってであるべきだ。もしかりにお前の敵の訴訟を聞くことになっても、相手から受けた侮辱をいったん忘れ、事の真相のみに集中しなくてはならん。

［ドン・キホーテ　後編四二章］

✠公爵に与えられた島でいずれ島民を裁くであろうサンチョへ向けたドン・キホーテのアドバイス。

120

慈悲

領主としてこの島に赴任する前の晩に、おいらの主人ドン・キホーテ様から賜《たまわ》ったたくさんの忠告の中からふと頭に思い浮かんだのが、「もし判決を下すのに迷ったら、慈悲のほうに気持ちを傾け、それを拠りどころにしろ」ってやつさ。

［サンチョ　後編五一章］

✠島でのサンチョの名判事ぶりを称賛する執事に、このような種明かしをする。

Theatrum Mundi

Ⅲ-3

身分、富者、貧者、財産

121

家柄の優劣を論じるな

少なくとも人の家系を論じて比較するのはやめるように。無理に片方の家柄を評価すると、軽視された家系の人間からは嫌われ、かといって評価した家系の人間からも何か見返りが来るわけではないのだからな。

［ドン・キホーテ　後編四三章］

✠領主になるには、様々なことに気をつけなければならない、というドン・キホーテの諫めである。

122

高貴な出自でない者

高貴な出自でない者は、権力をふるうことへの責任に加えて、賢明な判断に基づいた柔和で優しい心も持ち合わせていなくてはならん。その心の持ち方が、どのような地位にあっても逃れることのできない悪意のこもった陰口からお前を救ってくれるであろう。

［ドン・キホーテ　後編四二章］

✠農家出身のサンチョがいきなり島の領主という地位を手にしたため、ドン・キホーテは彼に、出自が立派でない人間が持つべき資質について諭す。

123

家柄の貧しさにも誇りを

家柄の貧しさにも誇りを持つのだ、サンチョ。農家の生まれを名乗るのに恥じることなど何もない。お前が堂々としておれば、お前の出自を貶《おとし》める輩なんぞ現れまいからな。傲慢という悪癖を持つ貴人よりも、身分は低くとも徳のある人のほうが優れているではないか。

［ドン・キホーテ　後編四二章］

✠他人からどのような陰口を叩かれようとも、家柄に誇りをもって堂々と領主の仕事をこなすようにと従者を励ますドン・キホーテ。

124

貧乏人と幸せ

旦那様、おいらの見るところじゃ、貧乏人は手が届く範囲の幸せで満足するべきで、ないものねだりをするもんじゃありませんよ。

［サンチョ　後編二〇章］

✠佳人キテリアは意に反して金持ちのカマーチョと結婚式を挙げる。式の当日、キテリアを想うバシリオが何かしでかすかもしれないとドン・キホーテは式場に向かうが、美味《おい》しそうなご馳走の匂いにすっかり釣られたサンチョは、貧乏人のバシリオは身の丈に合わない幸福は手に入れられないだろうと予想する。

125

空腹は味の良いソース

世界一味の良いソースは空腹さ。貧乏人は飢えには事欠かないから、いつだって食事に舌鼓《したつづみ》を打てるってわけよ。

［テレサ　後編五章］

✠島の領主になって豪華な暮らしを手に入れようと息巻くサンチョに、妻テレサは現実的な返答をするばかりで一向にとり合わない。

126

財産は不幸から人を救わない

天から降ってきた不幸を乗り切るのに、この世の財産なんてほとんど役に立たないってことです。

［カルデニオ　前編二四章］

✠大きな苦悩を抱えて一人山にこもるカルデニオが、ぽつぽつと身の上話を語る。彼はアンダルシアの裕福な家に生まれたが、自身に降りかかる不幸には財産はまったく通用しなかった。

Ⅲ－4

仕事

127

医者

医者の中には治せるはずの患者をみすみす殺してしまうくせに、その治療代まで要求する不届きなやつがいるんですよ。薬を処方するだけなのに、その薬さえも自分が調合するわけじゃなく、薬剤師につくらせるんですから、とんだいかさま師ですってば。

［サンチョ　後編七一章］

✠自分が鞭打たれることによってドゥルシネーア姫にかけられた魔法が解かれると言われ、渋々ながら自らを痛めつけるサンチョ。これで世間の医者はろくな治療もせずに金ばかり要求するのに、これでは割に合わないと文句を垂れる。

III-5

家系、結婚、生活習慣

128

四種類の家系

この世の家系というのは次の四種類に大別される。一つは、はじめは卑しい身分だったものが徐々に名を挙げ、名声を勝ち取る家系。二番目は、元から由緒ある家系で、その状態のままずっと維持され、今も昔と変わらぬ威厳を保っている家系だ。三番目は、初めこそ名を轟《とどろ》かせていたものの、ちょうどピラミッドの底の広がりに比べて頂点が一つの点に過ぎないように、だんだんと没落しついには途絶えてしまう家系。そして最後は、大方の人間がこれに属するのだが、はじめから立派であったわけでもなく、途中でほどよい発展を見せたわけでもなく、そのまま終わりまでずっと名を知られることのない平凡な民の家系だ。

［ドン・キホーテ　後編六章］

✠なんとか叔父の出立を止めようと躍起になるドン・キホーテの姪。郷士といえどもあまり金銭に余裕がない叔父が騎士になっても大義は貫けまいと説得する彼女に、ドン・キホーテは四種類の家系について見解を披露する。

129

結婚、最も崇高なるもの

気高い目的を遂げるための計画であれば、それははかりごととは言えぬし、言うべきではありません。（……）ましてや結婚という目標は最も崇高なものですからな。

［ドン・キホーテ　後編二一章］

✠バシリオはキテリアの結婚式で大芝居を打ち、彼女をとり戻した。ドン・キホーテは彼の行為を讃えたうえで、結婚にまつわる忠告を若い二人に与える。

130

理想の花嫁とは

理想の花嫁探しについて忠告を求める者には、何よりも次のことに留意するよう言いたい。まず、相手の財産よりも評判に目を向けよ。なぜなら善良な女性が善良であるというだけでは良き評判は得られず、同時に人からそのように思われることも大切だからだ。

［ドン・キホーテ　後編二二章］

✠若い恋人たちへ向けた饒舌《じょうぜつ》なドン・キホーテの忠告は留まるところを知らない。話はついに理想の花嫁の条件にまで及ぶ。

131

強制結婚

両親は子の意志にそぐわない結婚を強いるべきじゃないってのが彼〔司祭〕の言い草で、おいらも的を射《い》た意見だと思いましたよ。

〔羊飼いの一人　前編一二章〕

✠幼くして両親を亡くしたマルセーラは、司祭を務める叔父に引き取られ美しく成長した。年頃になった彼女であるが、今はまだ独身の自由な生活を謳歌したいという。司祭は自らの結婚観にもとづき彼女の願いを聞き入れる。

132

夫婦は生涯道連れ

軽はずみな愛や執着は、伴侶を見極めるのに欠かせない分別の目を閉ざしてしまうものだ。それが夫婦となるべき相手を選ぶ段ともなればなおのこと、判断を誤る危険性がある。ちゃんとした縁を結ぶには、天の采配と特別な配慮が必要なのだ。（……）妻は市場の品物とはわけが違うのだから、いったん貰ってしまえば返品したり、他のものと交換したりすることは叶わない。人生が続く限り、最期の時までけっして切り離せないものなのだからな。

［ドン・キホーテ　後編一九章］

✠サンチョは、ある村の乙女が金持ちの男と望まぬ結婚をするという話を道中で出会った若者に教えられ、貧しくても愛し合っている若者と結ばれるべきだと主張する。これに対してドン・キホーテは、恋の一時的な熱情が冷静さを奪ってしまうことも考慮に入れつつ客観的な意見を述べる。

133

女は夫の命令に従うもの

これが女の定めってもんだろうね。どんなふがいない夫にだって黙ってついていくよりほかはないんだから。

［テレサ　後編五章］

✠主人から土地をもらって大金持ちになるんだと、捕らぬ狸《たぬき》の皮算用をするサンチョの姿に呆《あき》れつつも、妻のテレサは女に生まれた定めを受け入れる。

134

妻の悪口は言わない

お前の妻を悪く言うものではない。なにしろ、お前の子どもたちの母親でもあるのだからな。

［ドン・キホーテ　後編二二章］

✠善良な妻について長広舌をふるう主人の言葉を聞いて、サンチョは自らの妻テレサへの不満を口にする。ドン・キホーテは彼をたしなめ、このように言う。

135

美しい妻を持つ夫

ロターリオは日ごろから、神から美しい妻を授かった男は家へ招き入れる男友だちに気を配ると同時に、妻が親交を持つ女友だちにも留意すべきだと言っていたが、それはまさに正鵠《せいこく》を射たものであった。

［地の文　前編三三章］

✠新婚の友人宅への訪問を控えるようになってしまったロターリオを見て、アンセルモは彼を説得し、これまでどおり遊びに来てくれるよう頼み込む。ロターリオは説得に応じて再訪するようになるも、夫妻が幸せに暮らせるようあれこれ忠告する。

136

統治者の妻

もし妻を任地へ呼び寄せることがあれば、（……）教え、導き、彼女の生来の野暮ったさを洗練されたものへと変えてやるのだ。なぜなら、慎み深い領主が粗野で愚かな妻のせいでその身を滅ぼし、職を追われることはまま起こりうるのだからな。

［ドン・キホーテ　後編四二章］

✠権力者は自分自身のみならずパートナーの人間性にまで気を揉《も》まねばならない。上に立つ人間の定めであると騎士は説く。

137

服装と地位

服装はその人間の職務や地位に呼応するものだから、人を裁く者が武人の装いをしたり、軍人が僧侶のような服を身につけるのはあまり良くないことですよ。

［公爵　後編四二章］

✠島を治めるサンチョのために服を準備しようと申し出る公爵。着るものはなんでも構わないと応えるサンチョに対し、公爵は衣装のもつ役割を説く。

138

身なりに気を配れ

身なりに気を配りなさい。馬子《まご》にも衣装という言葉があるだろう。けっしてごたごたと着飾れという意味でも、判事であるのに兵士のように武装しろと言っているわけでもない。お前の職務に見合った、清潔で折り目正しい服を習慣的に身につけるのだ。

［ドン・キホーテ　後編五一章］

✠いかなる地位にもそれに見合った衣装というものがある。相応のものを選択し着用せよとのこと。ドン・キホーテの従者への言葉である。

139

服装、身なり

着崩れただらしない姿で歩きまわってはいかん。服装の乱れはたるんだ精神の表れというからな。ただし、かのユリウス・カエサルがめぐらせた奸策のように、意図があってわざとそのような身なりをしている場合は別だが。

［ドン・キホーテ　後編四三章］

✠島の領主となったサンチョに、かつて農民だった頃のように使い古しの服を着るべきではないとドン・キホーテは諭す。

140

飲食

昼食は少なめに、そして夕食はもっと控えめに摂るように。おのれ自身の健康はひとえに胃袋が司《つかさど》っておるのだからな。それから酒に飲まれては駄目だぞ。うっかり秘密を漏らし、約束を反故《ほご》にするおそれがあると心得よ。よいかサンチョ、人前で食べ物を口いっぱい頬張ったり、げっぷをしてはならん。

［ドン・キホーテ　後編四三章］

✠衣食住は生活の基本である。これがなっていないと立派な領主にはなれない。ドン・キホーテの数々の忠告は従者にとって有用なものとなりえよう。

141

早起きは得

睡眠はほどほどにせねばならん。日の出とともに起きる者は、一日を有意義に過ごすことができるのだからな。

［ドン・キホーテ　後編四三章］

✠心配性のドン・キホーテの忠告はサンチョの生活形態にまで及ぶ。

142

備えは多めに

くり返しになるが、何事においても育ちの良い人間として振る舞うべきだ。それから備えは多めに準備しておきなさい。貧者の心を挫《くじ》けさせる最も大きな要因は飢えと欠乏なのだからな。

［ドン・キホーテ　後編五一章］

✠島の領主に信頼関係は必要不可欠である。そして民の心を摑むにはまず胃袋を満たせというドン・キホーテからの激励の一言。

143

不節制が寿命を縮める

多くの人は不節制がたたって寿命を縮めているのだからな。

［質問に答える首　後編六二章］

✠バルセロナの街で出会ったドン・アントニオの屋敷には、質問に答える石像の首があるという。もちろん小細工が施してある偽物である。好奇心にかられたドン・キホーテたちは、さっそく首にいろいろな問いを投げかける。

las gracias y los donaires no asientan sobre ingenios torpes;
procurar que a la llan con palabras insignificantes, honestas y bien colocadas,…
uno es escribir como poeta y otro como historiador: el poeta puede contar o cantar las cosas,…
no se habían de valer de su amistad en cosas que fuesen contra Dios.
La mayor salsa del mundo es la hambre; y …
bien sé lo que es valentía que está presta entre la cobardía y la te-…
locura que puede hacer un hombre en esta vida es dejarse morir, sin que nadie le mate,…

Ⅲ－6

名誉、貞淑、恥辱、復讐

144

名誉を失えば、死人にも劣る

君から名誉を奪うっていうのは君の命を奪うことに等しいわけだよ。名誉を失った人間なんて死人にも劣るからね。だから、僕らにとって有害なこの計画を君のお気に召すままに実行すれば、僕自身も名誉を、ひいては命さえも失ってしまうことになるだろう。

［ロターリオ　前編三三章］

✠妻の貞操を調べるために、親友に妻を誘惑して欲しいと願うアンセルモ。名誉がなによりも重んじられたスペインでは、この計画は二人の命を奪うに等しいほど不名誉極まりないものであった。ロターリオは必死に説得を試みる。

145

体面にこだわるみじめさ

ああ、空腹を名誉で満たさねばならない郷士の体面にこだわるみじめさよ！　粗末な食事を屋内でこっそり摂ったのち、歯を磨かなくてはいけないようなものは何も食べていないのに、いかにもといった体《てい》で楊枝《ようじ》をくわえながら通りを闊歩《かっぽ》せねばならぬとは！　彼らは靴下の継《つ》ぎはぎ、帽子の汗ばみ、マントのほつれ、そして空腹といったものが一レグア〔約五キロ〕先から勘づかれてしまうのではないかと内心びくびくしながら体面を保っているのだ！

〔地の文　後編四四章〕

✠サンチョが島に赴任して寂しい気持ちが抑えきれないドン・キホーテ。加えて靴下に穴が開いているのを見つけてさらに落ち込む。誇り高い郷士たちは、形ばかりの威厳を保とうと貧しさを隠し、体面を繕《つくろ》って生きていくしかないのである。

146

農民の娘としての誇り

わたくしはあなたにお仕えしておりますが、奴隷ではないのです。ですから、あなたがその血の高貴さを口実にわたくしを侮辱したり、身分を貶めたりするのは道理に合いません。わたくしは臣下であり農民であるこの身分を、あなたの騎士という身分に引けをとらないほど誇りに思っています。わたくしの前ではあなたの持つどんな権力も富も意味をなさない、無価値なものなのです。

［ドロテーア　前編二八章］

✠優男《やさおとこ》のドン・フェルナンドは美しいドロテーアに一目惚れし、あの手この手で口説き落とそうとしていた。しかし彼女が貞操を固く守って一向に靡《なび》く様子がないので、ついに彼女の家に忍び入り、思いを遂げようとする。唐突にフェルナンドに抱きしめられたドロテーアは気が動転していたが、それでも結婚の誓いをしていない相手には心を許すことはできないと、毅然とした態度を崩さない。

147

女の名誉、良き評判

高潔で貞淑な女性ほど価値のある宝物はこの世になく、そんな彼女たちの名誉は世間の評価によって成り立っているものなんだ。

［ロタ－リオ　前編三三章］

✠ロタ－リオはあらゆる喩《たと》えを用いながら、カミ－ラがどれほど品格のある女性であるか、友人アンセルモの計画が彼女の品位をいかに脅《おびや》かしているかを彼に気づいてもらおうと奮闘する。

148

誠実で貞淑な女性

誠実で貞淑な女性は白イタチ*のようなもので、その慎み深さによる美徳は雪にもまして純白で清らかなもの。だから、それを失う前に堅守しようと思うなら、〔命を差し出してでも毛並みの純白さを守ろうとする〕白イタチを狩るときのような方法をとらずに、しつこい男たちの贈り物やおべっかの前にさらさないことが肝心だよ。

〔ロターリオ　前編三三章〕

＊「白イタチ」“arminio (armiño)”は直訳するとオコジョだが、ヨーロッパにはヨーロッパケナガイタチという種類のイタチがいて、そのうちの白い毛皮の個体を娯楽の狩猟に使っていたらしい。その白い種がペットになったのがフェレットで、別名、白イタチともいう。

✠美しい妻の貞操を試そうと、良からぬ頼みごとを持ちかけてきたアンセルモに対し、親友であるロターリオは喩えを用いながらやめるよう説得する。

149

乙女の慎み深さ

乙女を守るのに、本人の慎み深さに優る丈夫な錠前、門番、鍵はありませんからね。

［山羊飼い　前編五一章］

✠昼食を摂っていた場に偶然通りかかった山羊飼いが、自らの体験談として、ある美しい村娘と彼女を手玉に取った伊達男《だておとこ》のあいだに起こった出来事を披露する。

150

貞淑な女

「淑《しと》やかな娘は働く「貞淑な女は足が折れたみたいに家に居る」なんて言うし、「淑やかな娘は働くのが休日*」なんて言うからね。

［テレサ　後編五章］

*「休日」は「喜び」「楽しみ」をさす。

✠農家であるパンサ家の者に「ドン」や「ドニャ」（貴族の名前に付ける敬称）が付いていると堅苦しくて仕方がない、外に出て危険を冒すよりも自分たちはこのちっぽけな村で大人しくするのが性に合っているのだと、テレサはあくまで現実的である。

151

操を守る妻

幾多の誘惑にも毅然とした態度をとり続ける妻こそが、夫の誉《ほま》れと称するにふさわしいのです。

［ドン・キホーテ　後編二二章］

✠自らの機転で見事意中の人を手に入れたバシリオに、ドン・キホーテは餞の言葉としていくつかの忠告をする。貧しい男が美しい妻を娶《めと》ると、彼女を狙って色々な男が言い寄ってくるだろうが、そのような試練を乗り越えた女性こそ真に価値があるのだと言う。

152

妻の落ち度は夫の落ち度

夫妻の肉体は一心同体だから、妻のほうの身体に傷がついたり、欠点が露呈したりすれば、夫のほうに何の落ち度がなくてもそのとばっちりがいくんだよ。

［ロターリオ　前編三三章］

✠もしもカミーラの貞操が失われることになれば、夫であるアンセルモの名誉も失われるという危険性を必死で伝えるロターリオ。しかし親友は耳を貸さない。

153

娘と世間体

娘ってのは、不自由のない妾《めかけ》よりはみじめな境遇のお嫁さんのほうが世間体はいいのさ。

［テレサ　後編五章］

✠あくまで農民という身分にふさわしい結婚を娘にさせようとするサンチョの妻テレサ。妾になるよりは、たとえ貧しくても愛がなくても結婚したほうが女として幸せな人生が送れるだろうと母親らしい気づかいをする。

154

侮辱と恥辱

侮辱《アグラビオ》されることのない者は他人を侮辱するなんてことはありえません。女、子ども、聖職者などは他人から辱められても身を守る術《すべ》を持たないがゆえに、恥辱《アフレンタ》を受けたことにはならないのです。なぜなら侮辱と恥辱のあいだには次のような差異があるからです。（……）恥辱は人にそれを行える、また実際に行い、相手を恥辱したという意識を持ち続ける人から被《こうむ》るものですが、侮辱は恥辱の意識がなくても、いかなる場面でも加えられうるものなのです。

［ドン・キホーテ　後編三二章］

✠からかう目的で公爵はドン・キホーテ主従を屋敷に招く。その食事の席で、主従の狂気の沙汰に我慢ができなくなった聖職者が声を荒げて騎士をなじる。ドン・キホーテも頭に血が上って勢いよく聖職者に反論するが、決して反撃はしない。聖職者という特別な仕事をしている者は人を侮辱したりされたりできないということを知っているからだ。

155

表情に出る羞恥は心の傷よりまし

表情に出る恥のほうが心に受けた傷よりましっていうものね。

［アルティシドーラ　後編四四章］

✠公爵夫人の侍女で利発なアルティシドーラはドン・キホーテに恋する乙女を演じ、彼を翻弄する。夕べに彼の部屋の下に赴き、夫人に見つからないかと聞こえよがしに杞憂《きゆう》しながら竪琴《たてごと》を爪弾《つまび》いて恋の詩を歌ってみせる。

156

復讐

どんな理由があっても誰にも復讐すべきじゃねえ、善良なキリスト教徒は侮辱を受けても仕返しをしようなんて思っちゃいけませんや。

［サンチョ　後編一一章］

✠偶然出会った芝居一座のお調子者がサンチョのロバに悪戯を仕掛けた。それを侮辱ととったドン・キホーテは憤然と役者に槍を向けるが、騎士は騎士でない人間に報復することができない。代わりにサンチョに報復するよう命じるが、信心深い従者はそれを拒み、騎士もその考えを受け入れることにする。

157

色恋が原因の復讐

色恋が原因で受けた侮辱は報復の対象にはなりませんぞ。恋愛と戦争は本質的に同じであって、戦争が相手を打ち負かすためにあらゆる策略をめぐらすことを良しとしているように、愛をめぐる争いでは愛する人にあまりに大きな損傷や不名誉を与えないかぎりは、望みのものを手にするために相手を出し抜くことが認められているのです。

［ドン・キホーテ　後編二一章］

✠バシリオは長者カマーチョの結婚式で一芝居うち、愛するキテリアを奪い返すことに成功した。怒り心頭に発したカマーチョとその親族はバシリオに襲いかかるが、両者の間に入ったドン・キホーテはこのように新郎一族を諭す。

158

復讐は神の教えに反する

いくら不当な手段で復讐を成し遂げても、むろん復讐に正当な理由などありはしないのですが、私たちの信奉する神の教えにはっきりと背を向けることになりますぞ。キリストは敵を赦《ゆる》し、忌み嫌う相手を愛せよと教えているのですからな。

［ドン・キホーテ　後編二七章］

✠些細なことから村人全体を巻き込んでの大喧嘩に発展してしまったとある二つの村。お節介が好きなドン・キホーテは乱闘寸前の彼らのあいだに割り込み、神学者もかくやと思われるような見事な語り口で宥《なだ》めに入る。

159

復讐は良心を葬る

この道に踏み込んだのは温和な心さえ惑《まど》わせる復讐の念に駆られてのことでした。私は本来、思いやりのある思慮深い人間なのですが、受けた侮辱の報復をしたいという思いが私の良心を葬り、自分では分かってはいるものの、このような生きかたに固執するようになってしまったのです。（……）罪が罪を呼んでどんどん深みにはまり、復讐が復讐を呼んでとうとう自分だけでなく他人の復讐までもこの身に背負う羽目になったのです。私はいまだこの混沌とした迷宮から抜け出せずにいますが、神はすべてを見通しておられますから、いつかは正しい出口を見つけられるだろうという希望は失っておりません。［ロケ・ギナール　後編六〇章］

✠バルセロナに向かう途中で悪名高い盗賊ロケ・ギナールに捕まったドン・キホーテ主従。しかしロケは、気性こそ荒いものの根は公正で情に厚い人物であった。盗賊たちの奇妙な生活ぶりを目のあたりにした主従に、彼は自らの身の上を語って聞かせる。

160

報復

いったん冷静になってしまうと、報復などできないものである。

［地の文　後編六三章］

✠バルセロナ沖に現れた小型の海賊船に乗っていたトルコ人に二人の兵士を撃ち殺された提督。怒りに任せて捕縛したトルコ人を吊るし首にするよう命じるが、バルセロナの副王が彼を説得したため、提督は残酷な処置を思いとどまる。

Ⅲ-7

文事、武事

161

富貴に達する二つの道

裕福で高潔な人物となるには二通りの道がある。文芸で身を立てる道と、武芸でそれらを勝ちとる道だ。

［ドン・キホーテ　後編六章］

✠騎士道の持つ崇高な精神をまったく理解しない姪に多少の苛立ちを覚えつつも、ドン・キホーテは武事の尊さを語って聞かせる。

162

文武について

神にお仕えすることは何よりも名誉ある意義深い行為であり、その次に讃えられるべきは、特に武器をとって主君を支え、勝利に導くという行為だ。わしがくり返し口にしてきたように、武器をとることは文で身を立てるのにくらべ富を得ることはできないが、より誉れのある道といえよう。往々にして文のほうが武の道よりも多くの財を残すものだが、それでも武はやはり文に優る何かを備えており、その内側から発せられる壮麗さは文の道を凌駕しておるのだ。

［ドン・キホーテ　後編二四章］

✠懐の寒い主人に仕えているので毎日の暮らしが大変だという若者が、金のために宮廷へ赴き歩兵部隊に入隊するという。軍に参加し国王に仕えるということで殊勝な心がけに思えた騎士は、武事の文事に対する優位性を説き、若者を激励する。

163

戦争の真の目的は平和

平和という宝石があってこそ地上にも天にも幸福が訪れるのです。そしてこの平和こそが戦争の真の目的でありますから、武事と戦争は本質を同じくするということになります。

［ドン・キホーテ　前編三七章］

✠ドン・キホーテにとって縁の深い宿で、さまざまな事情を抱えた人々が同じ夕食を囲むことになった。楽しい食事の空気に背中を押された騎士は自慢の長広舌をふるい、武芸がもたらす恩恵について演説を始める。

164

剣を抜かねばならない場合

思慮深い人士または健全な国家が、自国の民や彼らの生命、財産を失う危険を冒してまでも武器をとり、剣を抜くのには、次の四つの理由があります。一つは、カトリックの信仰を守るため。二つ目は、自然の崇高な摂理《せつり》のもとで自己の命を守るため。三つ目は、自身の名誉や家族、そして領土の名誉を守るため。そして最後は、正当な戦いにおいて国王に忠誠を誓うため。これに加えて五つ目の理由を挙げるならば、これは二つ目の理由にもあてはまりますが、祖国を守るためです。

［ドン・キホーテ　後編二七章］

✠村どうしの諍いを鎮めるためあいだに割り込んだドン・キホーテは、人が武器をとることのできる正当な理由を挙げ、これに帰属しない理由で戦うのは良くないことだと言い聞かせる。

165

大砲という忌まわしい兵器

大砲という忌まわしい兵器の破壊的な恐怖が存在しなかった時代こそ幸いあれ！ あれを造った者は、あのような恐ろしい発明品を生みだした報《むく》いを今頃地獄で受けているにちがいありませんわい。なにしろ、やつは下劣で臆病な輩が勇猛果敢な騎士の命をたやすく奪う手段を与えてしまったのですからな。どこからともなく飛んできた流れ弾が、闘志と活力にみなぎる勇敢な男たちの胸を貫き、将来長きにわたって健全に営《いとな》まれるはずであった彼らの思考と人生を一瞬にして断ち切り、奪ってしまうのですから。

［ドン・キホーテ　前編三八章］

✠ドロテーア扮するミコミコーナ姫をはじめ、それぞれに事情を抱えた人々と宿で夕食をともにすることになったドン・キホーテは、その席で騎士道や文武に関する持論を述べると、同席者はみな感心して聞き入るのである。

コラム

セルバンテスの名誉意識

セルバンテスが生きた時代の名誉は、社会通念として生命に匹敵するほど重要なものでした。国王を中心とするピラミッド型の階級社会では、名誉は貴族階級に属する人々の地位をより高め、平民を卑しめることで特権階級を保護するのに一役買っていました。権力、財産、社会的地位を有することによって名誉ある人物と見なされれば、分相応の責任ある立場におかれ、それなりの社会的義務を負わなければならなかったのです。また寛大さに加えて中世の戦士の精神に由来する勇気も必要でした。名誉は、先祖代々の有徳を受け継ぐのはもちろんのこと、個人の名声や資質にもかかわり、個人の言動とも深く結びついていたのです。そのため貴族は平民とちがって度胸や優位性を具現する剣を護身用に携えていました。それは自己の名誉を守るためでもあり、恥辱を受けた場合には汚名をすすぐために間髪を入れず剣を抜きました。事実、名誉を穢《けが》されるとはどういうことかと言いますと、無礼な態度であしらわれたり、愚弄されたり、嘘つき呼ばわりされたり、平手打ちを食らったり、妻が不義をはたらいたりした——この場合には夫のみならず家名に傷がつくことを意味しました——ときなどをさします。こうなると相手から恥辱を受けたことになり、直ちに名誉回復に心血を注がねばなりませんでした。このような復讐の権利は貴族に認められた行為であり、支配的身分を堅守しようとする気持ちの表れでもあったのです。

　こうした概念は当時の文学作品でも頻繁に採り上げられていますが、『ドン・キホーテ』に描かれている名誉感情は、劇作家ロペ・デ・ベーガやカルデロンなどの残忍な方法とは異なり、文学的技法を加味したうえで、いかなる場合においても人道主義を規範として善悪を判断するもので、血筋や階級や社会的名声などとはほぼ無縁であるように思われます。人間として当然のことなのですが、他人の幸せを平気で踏みにじるような輩は、セルバンテスの手にかかると、けっして神の恩寵をともなった魂の救済には与《あずか》れないということになります。『ペルシーレスとシヒスムンダの苦難』でもペリアンドロ（ペルシーレス）をとおして、「貧者でも徳を積めば名を揚げ、富者とて悪行に手を染めれば名を貶める」（二巻一四章）と戒《いまし》めの言葉を発しているとおり、徳が人間の真価を表しています。この時代のバロック演劇では血なまぐさい決闘に発展するケースがしばしば散見されるのに対し、セルバンテスの場合は『ドン・キホーテ』だけでなく他の作品においても個々の人格が尊重され、道義的な心づかいが優先されるのです。これもまた『ペルシーレスとシヒスムンダの苦難』からの引用ですが、「神聖な教えは、私たちがすべきことは侮辱を与えた者への報復ではなく、その罪を悔い改めさせることだと説いている」（二巻一一章）としています。すなわち、普通ならば復讐劇になっても不思議ではない事件を、そうはせずに読者の心を和《なご》ませるような、また登場人物の誰一人として不足のないようなかたちに収めているところが特徴と言えるでしょう。

Ⅳ 宗教、信仰

Ⅳ-1

神、神の摂理、信仰、救い

166

神の賜物

たいてい、恩を与えた者は受けた者に優るのですが、われわれにすべてをお与え下さる超越的存在であられる神の賜り物と、人間が与えるものとをくらべると、両者には雲泥《うんでい》の開きがあるのです。

［ドン・キホーテ　後編五八章］

✠若い羊飼いや娘たちに誘われて昼食をご馳走になったドン・キホーテは彼らにお礼の言葉を述べるが、話題はそのまますこし逸《そ》れて、神の恩寵へと及ぶ。

167

神はすべてをお見通し

天にましますす神様は人のぺてんなんぞお見通しで、誰が極悪人かちゃんと判断なさるんだ。

［サンチョ　前編三〇章］

✠サンチョはドゥルシネーア姫に対する失言を口にしてしまい、激昂したドン・キホーテは彼を槍で打ちすえた。すぐに二人は仲直りをするが、痛い目を見たサンチョはまだ少し言い足りないようである。

168

神に不可能はない

神のお力によれば不可能なことはありません。

［床屋の話のなかに出てくる学士　後編一章］

✠無理やりドン・キホーテを村へ連れ戻したはいいが、彼の狂気はいっこうに治る気配がない。呆れる一同を眼前に、床屋はこの場にぴったりだというたとえ話を披露する。それは、ある狂人が長い間更生施設に入れられたすえ、神の力によって正常な人間に戻り、晴れて家に帰ることができたという話である。

169

神の意志

神のご意志なくしては木の葉一枚動かすことすらできないのだからな。

［ドン・キホーテ　後編三章］

✠ドン・キホーテに仕えてずいぶん経つのに、いっこうに島の領主になれる気配がないサンチョ。それは自分の才覚の問題ではなく島を手にするチャンスがないからだと主張する従者に、主人はすべてが神の思し召しだと諭す。

170

神は平安を望む

それぞれが自分の行いを振り返れってことだ。瘋癲玉は腹の中で眠らせておくのが一番さね。誰も他人の心うちなんて分からねぇし、ミイラとりがミイラになることだってあるもんだ。それに神様は平安をお望みで、争いは憎みなさるんだからね。

［サンチョ　後編一四章］

✠一晩語り明かした〈森の騎士〉と夜明けに決闘することになったドン・キホーテ。騎士に仕える〈森の従者〉は、同じ従者という身分のサンチョにわれらも主人に合わせて喧嘩するべきだと意見するが、無駄な怪我をしたくないサンチョは反発する。

171

神の導き

「神様がお導き下さるよ」とサンチョが言った。「神様は痛手を負わせるけど、薬もお与えになるんだ。一寸先のことは誰にも見えやしねぇ。今から明日まではたっぷり時間があるけど、一時間後には、いやこうして瞬《まばた》きする間にも、家が一気に崩れちまうかもしれねぇからな」

［サンチョ　後編一九章］

✠愛しいキテリアが金持ちの男と結婚することになり、精神に異常をきたすほど落ち込むバシリオ青年。結婚式を明日に控えた今、彼は死んでしまうのではないかと危惧する学生に、サンチョはきっとなんとかなるだろうと楽観的な意見を述べる。

172

神にとってはすべてが現在

神のみが時間の推移の何たるかをご存じなのだ。神にとって過去や未来という概念はなく、すべてが現在ということになる。

［ドン・キホーテ　後編二五章］

✠過去と現在のことを言い当てる猿が見世物として宿にやってきた。ドン・キホーテはこれを見て、悪魔が特殊な能力を猿に吹きこんだに違いないと断言する。全知全能の神とはちがい、悪魔は未来を予見することはできないからである。

173

神の特権

私には天を切りとり誰かに与えるなんてことはできない。たとえそれが爪より小さくてもね。人に恩寵を施せるのは神のみの特権なのだよ。

［公爵　後編四二章］

✠空から見下ろせば豆粒ほどの島など統治しても偉大とはいえない、広い天の一部を統治できるならそのほうが良い、としょげかえるサンチョに対して公爵は冷静にこう諭す。

174

神は知っている

おいらたちにとって何が最善の方法で、何が適切なのか、神様はよくご存じなんだ。

［サンチョ　後編五五章］

✠あっけなく島の統治権を放棄し逃げかえってきたサンチョに、野次馬が皮肉を投げかける。サンチョは思わず領主という仕事の辛さ、そして適材適所という言葉があることを述べて反論する。

175

偶然ではなく神の配慮による

彼らが思いもよらないところで出会ったのも単なる偶然ではなく、神の特別な配慮があってのことであった。

［地の文　前編三六章］

✠ 複雑に絡み合う四人（ドン・フェルナンド、カルデニオ、ルシンダ、ドロテーア）の運命が一つの宿屋で交錯する。それは偶然ではなく神の計らいなのだと、その場にいた者たちは四人のうちの一人、ドン・フェルナンドを説得する。

176

奴隷は神と自然に反する

もともと神や自然が自由にしてくださるものを、人が勝手に鎖で縛りつけるのは酷なことに思われるからです。

〔ドン・キホーテ　前編二二章〕

✠罪を犯した囚人たちが連行されていく場面に出くわしたドン・キホーテ。それぞれの罪状を聞いたのち、人間の裁きは神がするべきだという理由から囚人たちを解放するよう捕吏たちに願い出る。

177

イエスを愛する

イエス様のことは、天国に行くか地獄に堕ちるかっていう損得勘定抜きに、イエス様っていうだけで愛さなきゃならねぇっていう説教を聞いたことがあります。

［サンチョ　前編三一章］

✠騎士道では相手が姫であるという理由だけでお仕えし、特別な感情を抱いてはいけないのだとドン・キホーテはサンチョに教えるが、サンチョはその愛のかたちが信仰と似ていると気の利いた返しをする。

178

神は何もかもお見通し

「なあお前、神様がおいらっちゅう人間をご存知ならそれで充分だよ」とサンチョが応えた。「あのお方は何もかもご存じだからね」

［サンチョ　後編五章］

✠主人とふたたび旅に出ることになり、今度こそ一財産当てようと心躍らせながら準備を進めるサンチョ。主人の影響か言葉づかいまで高尚になってきた夫をいぶかしむテレサの言葉に、サンチョはこのように返答する。

179

聖遺物

聖人たちの死骸や遺物には（……）そういう名誉とか神様のお恵みとか特典とかが備わってるんですって、だからその周囲には、聖なる教会のお許しをいただいたうえで、灯明や蠟燭、経帷子《きょうかたびら》、松葉杖、肖像画、頭髪、〔蠟でできた〕目や足なんかが置かれてるんですよ。それもキリスト教の名声を高めたり人々の信仰をかきたてたりするためにね。遺体や聖遺物とありゃ、王様みてぇに身分の高い人間だって肩に担《かつ》ぐし、そのご遺骨に口づけしたり、小礼拝堂や一番大事な祭壇を飾りたてたりするんですよ。

［サンチョ　後編八章］

✠遍歴の騎士として名声を得ることと、聖人となって祀《まつ》りあげられることではどちらが名誉なことかとサンチョは主人に尋ね、なかば誘導尋問のようにして聖人のほうが栄誉あるのだという答えを聞き出す。キリスト教の殉教者は王侯貴族よりも崇《あが》められる存在なのである。

180

神を畏れよ

おお、友よ！　神を畏《おそ》れ敬《うやま》うがいい。神を畏れることによって智慧《ちえ》が生まれ、その智慧があれば何事においても失敗せずにすむからな。

［ドン・キホーテ　後編四二章］

✠めでたく島の領主に赴任することになったサンチョを無理やり座らせ、ドン・キホーテは数多くの忠告をする。キリスト教徒として肝《きも》に銘じておかなければならないのは、驕《おご》らず神を畏れる心を忘れるなということである。

181

天のお導きに異を唱えるな

賢明なキリスト教徒であれば、天のお導きに異を唱えないものだ。

［ドン・キホーテ　後編五八章］

✠聖人の像を運ぶ男に作品をいくつか見せてもらい、穏やかな気分になる二人。これを吉兆とみなすサンチョに騎士は、験《げん》を担ぐのもいいが、不運なことが起こっても神の計らいに疑問を挟まず受け入れることが肝要だと言い聞かせる。

182

神はけっして見捨てない

神はすべてをご存知のはずであるから、神の名のもとに各地をめぐるわしらのことをお見捨てにはなるまい。空を飛ぶ蚊も、地を這《は》う蟻も、水を泳ぐおたまじゃくしをも神は愛するのだからな。さらに、善人のもとにも悪人のもとにも陽光が届くのと同じように、正義にも悪にも平等に雨が降り注ぐよう情けをかけられるのだ。

［ドン・キホーテ　前編一八章］

✠ドン・キホーテの供を始めてから不運続きのサンチョ。食料を入れた鞍袋《くら》までなくしてしまい、踏んだり蹴ったりだ。しかしドン・キホーテはあくまで前向きである。

183

天の助け

天は、善人はおろか悪人でさえもしばしばお救いくださる。だから、人里離れたこんな奥地にすら、とるに足りない自分のような者のところにまで人をお遣《つか》わしになるのですね。

［カルデニオ　前編二七章］

✠ドン・キホーテの友人である司祭と床屋の親方は、山にこもった主人を呼びに行ったサンチョを待つあいだに、山をさまよう青年カルデニオに出会う。彼の噂をサンチョから聞いていた二人は好奇心にかられて身の上話をするようせがむと、驚いたカルデニオは感慨深くこのようなことを呟く。

184

天の采配

天は人が見たことも考えたこともないような不思議で遠まわしな方法を使い、しばしば倒れた者に手を差し伸べ、貧者に富をお与えになるのです。

［ロケ・ギナール　後編六〇章］

✠大盗賊ロケ・ギナールの一味に捕まったドン・キホーテは、持ち物を奪われたことよりもおのれの不注意に落胆していた。ロケは風の噂から彼の狂気を知っていたので、そんなに落ち込むことはないと慰める。

185

神の薬

神がお与え下さる薬というのは徐々に人を健康に導くのであって、突然回復させたり、奇跡を起こしたりはしません。さらにいえば、同じ罪人でも思慮深い者のほうが、愚かな者より効能が早いものです。

［ドン・キホーテ　後編六〇章］

✠荒くれ者と思っていたロケが意外にも理知的な人物だったので、ドン・キホーテも礼節を欠かさずに返答した。罪を重ねることでしか生きられない人生にも神の恩恵が下り、やがて正しい道に戻ることができるようになるのだと励ます。

Ⅳ-2

罪、罰、赦し

186

人の心に潜む大罪

巨人どもからは傲慢を駆逐してやらねばならん。同じように、寛大で善良な心にすら芽生える嫉妬を、心の平穏をかき乱す憤怒を、日常の粗食や寝ずの番ゆえに起きる暴食と惰眠を、想い姫に対してわれらが守ってきた忠誠を脅かす色欲を、そして諸国を行脚《あんぎゃ》しながらキリスト教徒として、また名高い騎士として立派な立ち居振る舞いができる機会を求めているさなかに生じる怠惰を、根絶やしにせねばならんのだ。

［ドン・キホーテ　後編八章］

✠サンチョと二度目の旅立ちを果たしたドン・キホーテは、新たな冒険への期待に胸を膨らませながら、実直な騎士たちが果たすべき役割について従者に語る。

187

神は忘恩を嫌う

育ちの良い人間は受けた恩に感謝するものであって、忘恩こそが神のもっとも嫌う悪徳の一つなのだ。

［ドン・キホーテ　前編二二章］

✠鎖に繋がれた囚人たちを解放したドン・キホーテ。その礼として自分の活躍をドゥルシネーア姫に報告して欲しい、受けた恩義に報いるのは当然のことであると囚人たちに言うが、性悪《しょうわる》な囚人たちはその頼みを反故にする。

188

人が人を罰するということ

神は天におわし、寸分の狂いもなく悪人を懲らしめ善人を褒め称えられます。端《はな》からかかわりのないまともな人間が、他人の罪に対して罰を下すというのはどうかと思いますが。

［ドン・キホーテ　前編二二章］

✠道を行く囚人の罪状を聞いてまわったドン・キホーテは、彼らの罪は天の采配に任せ、人間が罰するべきではないと主張したうえで、看守たちに囚人を解放してやるよう願い出る。

189

死後の支払い

はっきり言っておくが、判事は妻が生前受けとったものを死後に神の御前で報告せねばならず、その際に生前自分とかかわりのなかったことまで、四倍分の支払いを余儀なくされるのだ。

［ドン・キホーテ　後編四二章］

✠当時のキリスト教の考えでは、夫は妻の罪まで背負って死後の世界で裁かれなくてはならなかった。それゆえ妻の行動には目を光らせておくようにという、ドン・キホーテなりのサンチョへの思いやりである。

ven tú con segura conciencia, y
Ser bien criado con todos, aunque esto…
que la ingratitud es hija de la soberbia
Sé padre de las virtudes y padrastro de los vicios…

Ⅳ-3

占い、迷信

190

星占い

星占いといえば、今日《こんにち》のスペインでは幅を利かせていて、一介の女や小姓ども、古くからの靴屋までもが、あたかも床に落ちたトランプを拾いあげるかのような手軽さで占いに興じているせいか、その無知やいい加減さが学問の本当の輝きを曇らせてしまっておる。

［ドン・キホーテ　後編二五章］

✠主従が立ち寄った宿屋に、占いができるという猿を連れた男がやってきた。的を射た回答をする猿をながめ、ドン・キホーテは猿もその主人も科学的知識が何もないのに占いをしているのだから、悪魔と契約をとりかわしたに違いないと気味悪がる。

191

予兆を気にするな

先日、お前さまがおいらに言ったじゃねぇか、賢明なキリスト教徒なら予兆なんぞ気にしないものだってね。

［サンチョ　後編七三章］

✠銀月の騎士との決闘に敗れ、故郷の村へ帰ってきたドン・キホーテ。村に入るなり目の前で起こった出来事に不幸の前兆を読みとり絶望する主人を、サンチョは一生懸命慰める。

コラム

宗教事情

セルバンテスの時代のスペインはヨーロッパの中でもひときわ保守的なカトリックの国で、その教えは国民の生活に深く根づいていました。『ドン・キホーテ』の書かれた一六、一七世紀にかけても例外ではなく、セルバンテスはカトリックの精神にもとづいた人々の生活を巧みに描写しています。特に騎士道精神にはカトリックの教えが根底にありますので、ドン・キホーテの言動や行動とて無関係ではありません。

あるとき、ドン・キホーテは祭壇に飾る聖人像を運んでいる農夫たちに出会います。厳しい遍歴の旅のさなかで、神聖な像を目にすることができた騎士は満足げにこう述べます、「今日のこの出会いを吉兆とみなそうぞ。なぜなら、ここにおられる聖人や騎士はわしが従事しているこの武芸という偉業に貢献した方々であるからだ。もっとも、彼らは神聖な戦いに身を投じる御仁《ごじん》であったのに対し、わしは俗世の悪と戦っている罪人にすぎないというところに違いがあるのだがな」（後編五八章）。いわば、騎士にとって聖人とはどのような存在なのか、また騎士とはどのような立場にあるのかが端的に表れた言葉です。

一方、レコンキスタ（国土回復運動）を終えてまだ歴史の浅い当時のスペインには、イスラム教を信仰するモーロ人も数多く住んでいました。モーロ人は嘘つきでずる賢いというのがキリスト教徒たちの考えだったのですが、セルバンテスは彼らの長所、つまり勉強熱心で知的な面をよく理解していました。その証拠に、小説『ドン・キホーテ』はモーロ人が書いた物語を自分が発見し、カスティーリャ語（スペイン語）に翻訳してもらい出版したという体裁をとって書かれています。一六、一七世紀のスペインは、複数の宗教がその時々によって勢力を変えながら共存する土地でした。

しかし、フェリペ三世（在位一五九八—一六二一）は、一六〇九年にモーロ人を国外へ追放します。これはセルバンテスが『ドン・キホーテ』の後編を執筆中の出来事だったので、当時の社会の様相が後編に盛り込まれることになりました。作中、サンチョの友人リコーテは敬虔なモリスコ（キリスト教に改宗したモーロ人）だったのですが、この政策によって国を去らざるをえなくなりました。

「わしらにとっては何よりも残酷なおふれだった。どこにいてもわしらはスペインを想って泣いているんだ。結局、スペインで生まれたわしらにとっちゃ、この土地こそが祖国なんだよ」（後編五四章）。

スペインに長く暮らし、すでにスペイン人として生きることにアイデンティティを見出している人も多く、彼らにとっては悲しい法令だったでしょう。皮肉なことに、学問を修めたイスラム教徒と金銭感覚に優れたユダヤ人を半島から追い出したことは、すでに斜陽であったスペインの国力低下にさらなる拍車をかけたのです。

Column

V 芸術、文学、技法

Ⅴ-1

芸術、美

192

音楽とは

さまざまな経験から、音楽は乱れた魂を鎮め、心からわき起こってくる苦しみを和らげてくれるのを知っていますわ。

［ドロテーア　前編二八章］

✠司祭たちがドン・キホーテを追ううちに出会った佳人ドロテーア。質素ながらも充実した生活を送っていた彼女に降りかかった悲劇が、彼女本人の口から語られる。

193 音楽、光

「奥方さま、音楽のあるところ災厄なしです」「光と明かりのあるところにもね」と公爵夫人は答えた。

［サンチョ／公爵夫人　後編三四章］

✠公爵夫妻はドン・キホーテたちを狩猟へ連れだした。そこへ、主従に新たな悪戯をしかけようと悪魔を装った使用人たちがやってきて、一行を脅かした。すっかり騙されて震えあがったサンチョは、突如聞こえてきた美しい調べに勇気づけられ、そばにいた夫人にこのような言葉をかける。

194

肉体の美しさ、魂の美しさ

美しさには二通りある。魂の美しさと見ための美しさだ。魂の美しさには思慮分別や誠実さ、善行、寛大さ、そして育ちの良さが備わっており、それを他人に示すことによって立証される。こうした資質は醜男《ぶおとこ》にも備わっているものだ。よって外見ではなく内面を磨《みが》くことを怠らなければ、熱意のこもった価値ある愛を育むことができよう。

［ドン・キホーテ　後編五八章］

✠ドゥルシネーアだけを心に留め、アルティシドーラの求愛にまったく耳を貸さなかったドン・キホーテを冷酷だと非難するサンチョ。しかし、なぜアルティシドーラがあれほどにも主人に執着したのか疑問に思うサンチョに騎士は、内面さえ美しければ純粋な愛を育むことは可能だと答え、加えて自分は美男ではないがそこまで醜男でもないからそれなりに人に愛されるのだと胸を張った。

195

美は魂を喜ばせる

魂にわき起こる喜びは、視覚や想像力が認知した事象に美や調和が認められてこそ生じるものだと思っています。なんであれ、醜さや不快が内包されていては、人を喜ばせることなんてできやしませんよ。

［聖堂参事会員　前編四七章］

✠ドン・キホーテを連れて帰路につく司祭たちの一行と出会った参事会員も、司祭と同様に昨今の騎士道物語の出版事情については怒り心頭の様子だ。彼は心を満たすような美のありかたについての持論を述べる。

V-2

自然の美、女性の美しさ

196

美しい夜明け

そのとき、目にも鮮やかな小鳥たちのさえずりが木立を縫うように辺りに響きはじめた。幾重《いくえ》にも重なる楽しげなその歌声は、まるで目覚めたばかりの夜明けに祝福の挨拶を送っているようであった。夜明けはもう東の扉とバルコニーから美しい顔をのぞかせ、金色の髪から数多《あまた》の真珠の粒をまき散らしていた。野の草がやわらかな朝露に濡れるさまは、まるで白く微細な粒子がにじみ出ているかのようであった。夜明けの到来に、柳は芳醇な樹液を放ち、泉は笑い声をあげ、小川はひそひそと囁き、森は歓喜に満ち、野は豊かに芽吹くのであった。

〔地の文　後編一四章〕

✠夜通し語りあったドン・キホーテと〈森の騎士〉。しかし、彼らはどちらの想い姫がより美しいかをめぐり、夜明けを待って決闘することになった。それぞれの従者も主人にならって戦うべきか否かと議論をかわす。折しも空が白み始めてきた。サンチョが見たものは、ルネサンス的手法で描かれた美しい夜明けの光景であった。

197

夜明けの女神

夜明けの女神は太陽に玉座を明け渡した。太陽は騎士の円盾よりも大きな丸い顔を地平線から少しずつのぞかせているところであった。［地の文　後編六一章］

✠山賊のロケたちと三日三晩をともに過ごしたドン・キホーテは、バルセロナ郊外で彼らと別れの挨拶を交わし夜明けを待った。ほどなくして太陽が昇ると、彼が生まれて初めて見る雄大な海が照らし出された。

198

女性美が台なし

ご存知のように、女の中には時期時節によってその美しさが褪《あ》せたり増したりする人もあります。むろん、それは感情の起伏に左右されるわけですが、たいていの場合そうした感情は美しさを台なしにしてしまうのです。

［捕虜　前編四一章］

✠モーロ人の捕虜になったある若者の身の上話。彼を逃がしてくれた娘は、代わりに自分をスペインに連れ帰るよう頼んだ。キリスト教への信仰心とイスラム教徒である父親への愛情との間で揺れ動く彼女は、その苦悩を表情ににじませていたが、道理に反してその美しさを失うことはなかった。

199

女性美、金髪

向こうに見えるのがこちとらのお姫さまですよ。そりゃあもう、お姫さまに相応《ふさわ》しく綺麗に着飾ってますから。お姫さまもお付きの娘たちも金色の澳《おき》みてぇにみんなきらきら輝いていて、まるで真珠の穂やダイヤモンド、ルビーのようさ。それに豪華な錦織だって幾重にも身にまとってますよ。背中に垂れた髪はまるで風と戯《たわむ》れるお日さまの光のようでさ。

［サンチョ　後編一〇章］

✠実在するはずもないドゥルシネーア姫を探せと命ぜられたサンチョは途方に暮れるが、悪知恵をはたらかせて一計をめぐらし、通りがかった田舎娘をドゥルシネーアであると主人に紹介する。どう見ても粗野な風貌をした娘たちなのだが、言葉巧みに褒めそやし、自分の嘘を信じ込ませようとする。

200

美しい顔立ち

あの奥さまのお顔ときたら磨きがかかった美しい一振りの剣みたいですわ。その両頬は乳白色と深紅に輝き、まるで片方には太陽、もう片方には月が宿っているみたいですもの。

［老女ドニャ・ロドリーゲス　後編四八章］

✠公爵夫妻宅に世話になっているドン・キホーテのもとへ、夫人に仕える老女ドニャ・ロドリーゲスが夜中にこっそりとやって来た。女手一つで育ててきた娘に降りかかる災難をとり払ってもらおうというのだ。彼女は夫人の美しさを褒めたたえながらも、美しく気立てのよい娘にはかなうまいと自慢げに語る。

201

美しい髪、水晶の足、白雪の指

若者は帽子をとり、頭《かぶり》を左右に振った。するとほどけた髪が背中にはらはらと落ちたが、それは髪と見紛《みまが》う太陽の光線すらも嫉妬するのではないかと思われるほど見事であった。（……）それから彼女は櫛《くし》がわりに髪を指で梳《す》くと、先ほど水面からのぞかせた彼女の両足が水晶のかけらだとすれば、金色の髪に入れた両手はさながら白雪の固まりのようであった。

［地の文　前編二八章］

✠司祭たちが苦行中のドン・キホーテに会おうと山を分け入っていくと、小川で足の疲れを癒す若者を見つけた。ほどなくしてこの若者の正体が男装した乙女であることが分かるのだが、その美しさときたら、すでに心に決めた女性を持つ男の心さえ揺り動かすものであった。

202

金色に輝く髪

二、三のランタンを女の頰に近づけて見ると、その光の中に現れたのは十六かそこいらの乙女であった。髪を金糸のネットと緑色の絹でまとめあげた彼女の姿は、千の真珠のように美しかった。

［地の文　後編四九章］

✠サンチョは部下を連れて領地の夜の巡回に赴いた。さっそく捕吏が怪しい男を連行してきたが、よく見ればその人物は意外や意外、男装した幼気《いたいけ》な乙女であった。

203

涙は真珠の輝き

彼女の顔をよく見ようと今一度ランタンを近づけると、頬を伝っていたのは涙というよりは小粒の真珠か野の朝露かと見紛《みまが》うようであった。いや、東洋の真珠の輝きにも引けをとらないものに思われた。

［地の文　後編四九章］

✠男装の乙女の正体は裕福な郷士の令嬢であった。父親に大切に育てられたため外の世界を知らず、好奇心に駆られてこっそり家を抜け出してきたのだという。サンチョの給仕頭を命ぜられた若者はこの深窓の乙女に一目惚れし、流す涙さえ真珠のごとく美しいと思うようになる。

V-3

文学、才智、詩人、出版

204

平明で格調高く的確な文章を書く

平明で奇を衒わず、誠意のこもった的確な文章を心がけるがいい。君の伝えたいことがすんなりと伝わるよう、できるかぎり力を尽くし、工夫を凝らすんだ。

［著者に対する友人の忠告　前編序文］

✠セルバンテスは『ドン・キホーテ』序文で親しい友人に文章の書きかたについての助言を求め、友人は的確な回答で彼の悩みを解決する。しかし実は、セルバンテスはこの序文を書くために架空の友人を創りあげ、彼の口を借りて自分の小説論を語っているのである。

205

優れた物語を書くには

君の物語を読めば、陰鬱な人は笑い出し、陽気な人はさらに腹を抱え、単純な者は苛立ちを忘れ、また思慮深い者には新鮮な驚きを提供し、気むずかし屋には文句を言わせず、慎重な者に至っては称賛を惜しまぬような、そんな物語を書くようにすればいいのさ。

［著者に対する友人の忠告　前編序文］

✠セルバンテスの考える優れた小説の条件とは、このようなものである。登場人物に作者自らの意見を語らせるというのは、彼の技法の一つである。

206

優れた書物とは

嘘ならばもっともらしく見えるほうがはるかに優れているし、疑わしいこととありえそうなことが混ざりあっているほど人を楽しませることができるでしょう。嘘くさい作り話を読者の理性と調和させるのです。不可能をさも可能であるかのように描き、誇張は控えながらも読者の魂を焦がし、驚嘆させ、夢中にさせ、興奮させ、没頭させるように書くことで、感嘆と喜びが同調するようにすべきです。

〔聖堂参事会員　前編四七章〕

✠道を急いでいた教会の参事会員一行は、檻に入れられたまま、村へと連れ帰られる途中の風変わりな騎士を見て仰天した。彼の友人の司祭が彼らに事の次第を説明すると、参事会員は驚きを新たにしながらも虚構に満ちた悪質な騎士道物語を批判し、優れた本の条件を述べた。

207

理想的な本とは

わたくしは信仰の本よりも世俗的な本によく目を通します。上品な面白味のある本で、言葉の綾《あや》によって読者を楽しませたり、またその技巧で読む人を驚かせたり、惹き込んだりするような作品が好みですが、スペインにはその手の作品は非常に少ないですね。

［緑色外套の紳士　後編一六章］

✠質素で模範的な紳士の生活ぶり。そんな彼の趣味は、質の良い書物を読み、その内容を楽しむことである。

208

書物を書くための才智

歴史書などを書くには、どのような類《たぐい》の書物であろうと、卓越した判断力と円熟した分別がものをいいます。気の利いたことや機智に富んだことを言えるのは、類稀なる才覚の持ち主ですからな。

［ドン・キホーテ　後編三章］

✠自分について書かれた本が出版されていると聞き、本の評判を学士サンソン・カラスコに尋ねるドン・キホーテ。あらゆる人々が娯楽の書として夢中になって読んでいるという学士の返答を聞き、ユーモアに富み、なおかつ良書をつくるには熟達した才智が必要だとしたうえで、近年は無頓着に作品を書きまくる作者が多いと嘆く。

209

理性でものを書く

白髪〔年の功〕でものを書くのではなく、年とともに鋭敏になる理性でものを書くのだということに気づくべきです。

〔後編序文〕

✠後編の序文にて、贋作『ドン・キホーテ』の作者が本文でセルバンテスを侮辱したことに対抗する一言である。

210

報いられない才能、美徳

光彩を放つ才能や傑出した功績が正当な評価を得られないのは世の常ですからな。優れた資質は顧《かえり》みられることなく、埋もれた才能のなんと多いことか！　軽んじられた美徳のなんと多いことか！

［ドン・キホーテ　後編六二章］

✠バルセロナを訪れたドン・キホーテは印刷所を見学する。そこでは翻訳の作業も行われており、騎士は翻訳家の才覚に感心すると同時に、このような優れた才能はけっして世間に知られないものだと嘆く。

211

穏やかな環境は詩心を豊かにする

静寂、穏やかな場所、心地よい野原、静謐《せいひつ》な天空、泉のささやき、魂の平穏、そういったものが乾いた詩心を想像力豊かにし、驚きと喜びにあふれる作品を世に生みだすのです。

〔前編序文〕

✠セルバンテスの考えによると、優れた本は静かで穏やかな環境のもとで生まれるものだという。しかし皮肉にも『ドン・キホーテ』は彼の理想とは程遠い、孤独で寂しい牢獄の中で生まれた。

212

詩人と歴史家

片や詩人として、片や歴史家としてそれぞれものを書くのです。詩人は事実をそのまま伝える必要はなく、本当らしく謳ったり物語ったりすればよろしいし、反対に歴史家は好きなように語るというわけにはいきませんから、真実をねじ曲げたり修正を加えたりせず、ありのままを書き記すべきなのです。

［サンソン・カラスコ　後編三章］

✠ドン・キホーテの狂気を聞き、屋敷へとやってきた学士サンソン・カラスコ。ドン・キホーテと書物について論議を交わす。

213

生来の詩人

詩人は生まれながらのもの。つまり、生来の詩人は母体を離れたときからすでに詩人なのです。

［ドン・キホーテ　後編一六章］

✠詩学の大切さを緑色外套の紳士に説くドン・キホーテ。技巧を学んだだけの者よりも、生まれつき詩人としての才能を持つ者のほうが優れており、さらにこの天性の詩人が技巧を身につければまさに鬼に金棒である。だから、子どもの才能は充分に理解し伸ばしてやるようにという騎士の意見は、人間味にあふれている。

214

昨今の詩人とは

当世の無学な詩人たちときたら、それぞれが好き勝手にものを書き、本意を糺《ただ》すことなどお構いなしに他人の作品をくすねるのが日常茶飯事となっています。おおよそ詩とはいえないような作品を謳ったり書いたりすることほど馬鹿げたこともありませんよ。

［若者　後編七〇章］

✠公爵夫妻の仰々しい悪ふざけに加担した若い詩人が、ドン・キホーテにひとこと挨拶をと進み出た。騎士は、若者の歌は美しかったが状況には似つかわしくない引用があったと意見する。すると若者はその指摘を肯定し、このように答える。著作権などまるでなかった時代である。

215

詩学は価値ある純金を生み出す

詩学とは（……）うら若い清廉《せいれん》な乙女のようなもので、このうえなく美しく、他の諸学問という乙女たちによって、よりたおやかで洗練され、きらびやかな女性に成長するものであります。他の学問は詩学によって価値を高められ、それに仕えているのです。（……）詩学とは、測り知れない価値を持つ純金を生み出すことができるという、錬金術にも似た技の結晶です。それゆえ詩学を熟知しているのであれば、的外れな風刺や悪趣味なソネットなど生まれようがありません。英雄叙事詩や痛ましい悲劇、愉快で手の込んだ喜劇の類でないものは、もはや売れるはずがないのです。詩学に秘められた宝を無頓着でろくでもない連中や、無知な大衆の手にゆだねるべきではありません。

［ドン・キホーテ　後編一六章］

✠知的な紳士に出会ったドン・キホーテは、言葉を交わすうちに彼と親しくなる。息子が実利的な学問でなく詩学にばかりかまけているのだという悩みを打ち明ける紳士に、ドン・キホーテは詩の重要性を訴える。

216

ペンは魂を語る舌

詩人が清らかな生活を送っておれば、彼の詩にもそれが表れてきます。ペンは人の魂を語る舌なのです。心にわき起こる志《こころざし》の高い想いは作品にも如実に表れてくるものですからな。

［ドン・キホーテ　後編一六章］

✠いくら才能豊かな詩人といえども人の悪口を書いた詩は作るべきではない、作品には作者自身の日頃の行いが表れるのだからと、ドン・キホーテの詩学に対する見解が明らかになる。この理路整然とした話しぶりにすっかり感じいった緑色外套の紳士は、相手が狂人であるという認識に思わず疑問を呈する。

217

ペンは舌よりも心の機微を伝える

ペンはしばしば舌よりも自由に心の機微を相手に伝えやすいものです。往々にして人は愛する人を目の前にすると、伝えようと心に決めていたことや、普段なら平気で言えることが言えなくなってしまいますからね。

［カルデニオ　前編二四章］

✠カルデニオは幼なじみのルシンダに恋心を寄せていた。ルシンダの父親は二人の仲を認めながらも世間体を考えて逢瀬を禁じたが、それがかえって二人の感情をかきたてる結果となり、互いに手紙で想いを伝えあうようになった。

218

翻訳について

これは韻文で書かれた書物を別の言語に翻訳しようとする場合に常に直面することですが、できるかぎり細心の注意を払い、技巧を凝らしても、翻訳はその詩をつむいだはじめの言語の領域にまではけっして到達しないのですからね。

［司祭　前編六章］

✠ドン・キホーテの狂気の根源である本を選別し、害のある本だけを焼いてしまおうとする司祭と床屋。素晴らしい原典の魅力を跡形もなくそぎ落としてしまう翻訳者の未熟さに怒りを覚える。セルバンテスはこの章で、司祭を通して当時実際に世に出まわっていた書物の批評をしている。

219

印刷された作品は妬みを買う

出版された作品はじっくり読まれますからね、すぐ粗《あら》が見えてしまうんですよ。しかも、それを書いた人物が著名であればあるほど、つぶさに調べ上げられます。その才覚によって名声を得ている人や偉大な詩人、傑出した歴史家などは常に、あるいはたいていの場合、他人の作品を批判するのを何よりも楽しみにしているような輩の妬みの種になっているんです。でも、そういうやつらに限って自分の作品を世間の目に晒したことなんてないんですよ。

［サンソン・カラスコ　後編三章］

✠著名な作家ですら作品を出版したとたんに批判されたり、評判を落としたりすることがあるというドン・キホーテに、サンソンは有名な作家だからこそ負うことになるリスクについて語る。

220

出版には危険が伴う

本の出版には大きな危険が伴うんですよ。本を読んだすべての人を満足させ喜ばせるような本をつくることなんて不可能の極みですから。

［サンソン・カラスコ　後編三章］

✠自分を棚にあげて他人の粗探しをする連中はもっと広い心を持たなくてはいけない、なにしろ本を出版するということはとてもデリケートでリスクを伴う行為なのだから、とサンソンは私見を述べる。

221

やっつけ仕事は完璧とは言えない

作家が金や利益を顧みるって言うんですかい？　そいつが本当なら驚きだ。だって復活祭前日の仕立屋みてぇにやっつけ仕事なんかしねぇでしょう？　急いで書いた作品ってのは要求どおり完璧には仕上がりっこないですからね。

［サンチョ　後編四章］

✠『ドン・キホーテ』前編は大好評であったため、作者はさらなる利益を得るために現在大急ぎで後編の原本を探しているところだとサンソンはサンチョに伝えると、後者は、金目的のやっつけ仕事に上質なものがあったためしはないと毒舌気味である。

222

献呈するにふさわしい王侯貴族

「書物を献呈する王侯貴族はスペインにたくさんおります」と、従弟〔バシリオのエピソードの直前で出会った、剣が達者な学士の従弟〕が言うと、ドン・キホーテが口を挟んだ。「そう多くはありますまい。ただしそれは、献呈するに値しない御方ばかりという意味ではなく、単に受けとるのを拒む方が多いという意味です。受けとれば、作者のはたらきと礼儀に報いなければならないという義務を負うからでしょうな」

〔従弟／ドン・キホーテ　後編二四章〕

✠ドン・キホーテがモンテシーノスの洞窟で体験した不思議な出来事は自分の研究にも役立つだろうと、洞窟への案内役を務めた学士の従弟は満足げである。研究の成果が本になったら誰に献呈するつもりだと尋ねる騎士に、従弟は、貴族ならスペインにたくさんいると請け負うのだが、ドン・キホーテは右記のように答える。

V-4

言葉、ことわざ、教訓

223

言葉の普及

言葉は時とともに普及していき、同時に理解しやすいかたちとなっていくものだ。これこそが言語が豊かになるということであり、それには大勢の人が日常的に用いるということに大きな意味があるのだ。

［ドン・キホーテ　後編四三章］

✠ドン・キホーテはサンチョの領主生活に関する忠告の中で、げっぷという俗っぽい言葉を使わずラテン語を使った。サンチョにはそれが伝わらず、結局言いなおすことになる。そこで主人は、世間での必要性が高まれば言葉は普及するだろうし、そうして言葉は豊かになっていくのだと付け加える。

224

冗談やしゃれを飛ばす

冗談やしゃれを飛ばすのは鈍い頭ではできないことなのですよ。

［公爵夫人　後編三〇章］

✠公爵夫妻の眼前で気の利いたことを言おうとし、空回りするサンチョ。そんな従者を見てドン・キホーテはみっともなさのあまり激昂するが、夫人が彼をうまく弁護して場を収める。

225

ことわざとは

ことわざというのは、どれも真実を突いている。なぜなら、すべての学問の母たる経験そのものから生まれた言葉なのだからな。特に「どこかの扉がしまれば、どこか別の扉が開く」というのは傑出しておる。

［ドン・キホーテ　前編二一章］

✠前の晩に期待外れの出来事が起きて意気消沈していたドン・キホーテ。しかし直後に新しい冒険の予感を見つけた彼は一転、顔を輝かせてサンチョに声をかける。

226

ことわざを多用しない

それからサンチョ、これはお前の癖だが、会話の中にやたらとことわざを混ぜてはいかん。確かにことわざとは簡潔で気の利いた格言ではあるが、お前のように場所柄をわきまえずに持ち込むと、格言というよりはかえってでたらめのように聞こえてしまうからな。

［ドン・キホーテ　後編四三章］

✠サンチョの癖は、ことわざを多用することである。しかし使いどころを間違えていては本末転倒である、とドン・キホーテは忠告する。

227

経験による教訓

美しいご婦人よ、「勤勉は幸運を生む」とはよく知られた言葉でありますが、修羅場をくぐり抜けてきた多くの経験が教えてくれるのは、仲介者の気づかいが解決のむずかしい諍いを良い結果へと導く糸口となることです。

［ドン・キホーテ　前編四六章］

✠ドン・キホーテの狂気に合わせて悲劇の王女ミコミコーナを演じるドロテーア。姫の悲運を晴らそうと息巻く老騎士は、自分という立派な武人が仲介することによって彼女の問題は速《すみ》やかに解決するだろうと請けおい、冒険への出発の許可を請う。

228

生き物から教訓を得る

人間は生き物から多くの教訓を得、大切なことを学び取ってきた。コウノトリからは浣腸を、犬からは嘔吐と感謝を。鶴からは用心深さを、蟻からは先見の明を。象からは誠実を、そして馬からは忠誠を学んできたのである。

［地の文　後編一二章］

✠ドン・キホーテの愛馬ロシナンテとサンチョのロバの絆《きずな》はとても深く、人間の友情にも比肩しうるもの。作者はここで、動物と人間の友情を比較することが見当違いではない理由をこのように説明している。

Don Quijote
de la
Mancha

V-5

騎士、騎士道

229

騎士の立場

遍歴の騎士は、道中で鎖に繋がれ抑圧に苦しむ人々が罪を償《つぐな》うためにそのような立場に甘んじているのか、はたまたおのれの失態により苦悩しているのか、その詮議には一切かかわらず、ただ目の前で苦境に喘《あえ》ぐ者に手を貸し、彼らの悪事ではなく苦しみに目を向けるのです。

［ドン・キホーテ　前編三〇章］

✠ドン・キホーテが護送中の囚人を解放したことを批判する友人の司祭。これを聞いて気分を害した騎士は声を荒げ、騎士道に則《のっと》った正義を説く。罪は人ではなく神が裁くべきであるため、自分は囚人の有罪無罪を問わずに彼らを解放したと言うのだ。

230

現世の名声、来世の名声

カトリック信者である遍歴の騎士はキリスト教徒である以上、天上の世界で授かる来世の不滅の恩恵を待ち望むべきであり、いつかは終焉を迎える現世の名声などという見栄を求めるべきではない。名声はどれほど長く続こうが、いずれは来たるべきこの世の終わりとともになくなってしまうものだからな。

［ドン・キホーテ　後編八章］

✠人間はえてしてこの世の名声を求めるあまり、向こうみずなことをして身を滅ぼしがちであるが、カトリック信者ならそのような現世の儚《はかな》い栄誉ではなく、死後の栄光を求めるべきだとドン・キホーテはサンチョに語る。

解説

何年か前のことですが、『アランの言葉』『ゲーテの言葉』『ニーチェの言葉』『アインシュタインの言葉』『ドストエフスキーの言葉』などが書店の棚を飾っていた時期がありました。中には今でも文庫本となって店頭に鎮座しているものもあります。そうした知者たちの言葉は少なからず読者の心を惹きつけ、内容によっては自分にぴったり当てはまりそうな言葉もあり得心したものです。あれが一時のブームだったとしても、時を超え、民族を越え、いつどこで目にしても心の琴線に触れる言葉というのはあるもので、こうした言葉は人の心の片隅に残ります。

本書でご紹介する『ドン・キホーテ』の言葉にもそうした心に響く表現があり、登場人物の背後にはセルバンテス自身の思いも散見します。それは作者自身の胸中がそのときその時の事情によって吐露されるからです。さらには当時の人々の考えや気持ちが反映されているせいか、生活に染みついた表現も数多く見られます。むろん『ドン・キホーテ』をご存じない読者には、ドン・キホーテは気が狂っているのだから彼の言葉はでたらめで信憑性がないと思われがちでしょうが、この点についてセルバンテスはきちんと狂気と正気とを使い分けています。そこにはキリスト教の考えに則《のっと》った当時の倫理道徳が明確に表現されることもあります。まさに社会の様相が彼なりの視点から浮き彫りにされるので、現代のそれとのちがいを知るには貴重な文献と言えるのです。

二〇一六年は『ドン・キホーテ』の作者セルバンテスの没後四〇〇年にあたります。そこで、われわれはこれを機に、これまで具体的に採り上げられることのなかった『ドン・キホーテ』の言葉を今一度確認しようと考え、今回の刊行に踏み切りました。中には一つのテーマをめぐり似たような表現が複数ありますが、セルバンテスがとりわけ関心を寄せていたテーマだという証《あかし》でもあるので、あえて削除しませんでした。ことわざについては、すでに『ドン・キホーテのことわざ・慣用句辞典』が刊行されていますので、本書では二、三の例をのぞき扱わないことにします。

洋の東西を問わず文学に対する興味が薄れたのは今に始まったことではありませんが、確かなことは「滑稽でおもしろい」内容に加えて、「有益で楽しめる」ことをモットーにこの小説を書いたセルバンテスが、現代のわれわれが読んでも納得できるエピソードや表現をいくつも提供してくれていますので、当時の生活習慣や人々の考え方を知るうえで、とても有意義だと思われます。作品自体は世界中で聖書に次いで多く読まれている傑作の一つでもあるので、ぜひこの機会にスペイン黄金世紀が生んだ大作家セルバンテスの畢生《ひっせい》の大作を手にとって見られることを願ってやみません。なお、参考までに末尾には、本書と関連のある参考書およびスペイン語からの邦訳（前編・後編）を記しておきました。

ミゲル・デ・セルバンテス・サアベドラ（一五四七―一六一六）は、アルカラ・デ・エナーレスで生まれました。この町はマドリードの北東およそ三〇キロのところに位置し、一四九九年にシスネーロス枢機卿が設立したアルカラ・デ・エナーレス大学（現・マドリード・コンプルテンセ大学／現在のアルカラ大学は一九七七年に開学）があったことから、それ以来大学都市として知られています。

ミゲル・デ・セルバンテス
（フアン・デ・ハウレギ作）
スペイン王立アカデミー蔵

彼が辿った人生についてはカナヴァジオも述べているとおり大半が謎に包まれていますが、ここでは必要事項のみ簡単にまとめてみたいと思います。

一五六九年、二二歳のときに枢機卿アックアヴィーヴァについてイタリアに渡り、翌年スペイン歩兵隊に入隊しました。イタリア滞在中にダンテ、ペトラルカ、アリオスト、サンナザーロなど、イタリア・ルネサンス期の優れた作品に触れる機会を得たことは、のちの文筆活動の大きな支えとなりました。一方、兵士としては、七一年にギリシアのレパント沖で強大を誇ったトルコ艦隊とスペイン・ヴェネツィア連合艦隊が激突した折りにセルバンテスも参戦し、左腕を負傷しています。その後、七五年には軍隊を去り帰国の途に着きますが、途中で海賊船に襲われ捕虜となり、その後の五年間はアルジェの牢獄で捕虜生活を強いられることになります。この間に何度か脱走を試みますが、身代金と引き替えに釈放されるのは八〇年の秋になってからのことです。こうした苦い体験は自作（『ドン・キホーテ』に収録された「捕虜の話」、戯曲『アルジェの捕虜生活』）にも活かされています。八四年には一八歳年下のカタリーナ・デ・サラサールと結婚しますが、それ以前から恋仲にあった女優アナ・フランカ・ローハスとのあいだにイサベル・デ・サアベドラを儲けています。その後、アンダルシアに向かい無敵艦隊の食料調達官、収税吏などを務めていましたが、九七年には徴収金を預けておいた銀行家が破産したため国庫に納めることができず、公金横領の廉《かど》で数か月ほどセビーリャで投獄されるという苦い経験を味わいました。セルバンテスの人生は決して順風満帆ではなく、むしろ苦労の絶えない人生だったようですが、それでも一六〇五年には『ドン・キホーテ』前編の出版がかない、その後も他の作品が少しずつ世に出始めました。ところが、一四年にアロンソ・フェルナンデス・デ・アベリャネーダなる人物（未だ正体不明）による贋作《がんさく》『ドン・キホーテ』後編が出まわると、これまで時間をかけて書き続けてきた後編を急いで書き上げ、翌一五年にようやく完成させるのです。この文豪がマドリードの自宅にて息を引きとったのは、奇しくも当時スペインとの関係が悪化していたイングランドの劇作家シェイクスピアと同じ一六年のことでした。

もともとセルバンテスは、若い頃から芝居の世界で身を立てようとしていたのですが、彼の芝居は同時代の国民的人気作家ロペ・デ・ベーガ（一五六二―一六三五）の「新しい演劇《コメディア・ヌエバ》」のスタイルとはちがい、伝統派といわれる古いタイプに属する作品だったため、芝居で名を揚げることはできませんでした。本人は人気を博したとは述べていますが、真偽のほどは分かりません。それもそのはず不本意ながら途中で筆を折らざるをえなかったのですから。彼の書いた戯曲のうち、現存する作品の中でも特に注目に値するのは『ヌマンシア包囲』と自己の体験を適宜盛り込んだ『アルジェの捕虜生活』ですが、後者の邦訳は残念ながらまだありません。『ヌマンシア包囲』のほうは、紀元前のヌマンシア（ヌマンティア＝スペイン北部にあった古代都市）が舞台となり、ローマ軍を率いるスキピオによる兵糧《ひょうろう》攻めによって援軍の望みを絶たれたヌマンシアの住民が、敵の勝利を阻止するためにみずから町に火を放ち自害するという話です。セルバンテスの劇作品の中で最も優れた作品ですが、ロペ・デ・ベーガ、ティルソ・デ・モリーナ、カルデロン・デ・ラ・バルカなど、バロック演劇の詩芸術に比較すると、全体的に筋展開が単調で、やや物足りなさを感じます。

それよりむしろ比較的短い幕間劇《まくあい》（劇の幕間に演じられる出し物）には、彼特有の軽妙なユーモアや社会批判に加えて、人々の生活がさまざまなプロトタイプをとおしてちゃかされている点から、当時の風習が垣間見られ、とても興味深い作品となっています。『新作コメディア八篇と幕間劇八篇』には、『ダガンソ村の司法官選挙』『性行の悪い男やもめ』『忠実なる見張り番』『離婚係の裁判官』『嫉妬深い老人』『サラマンカの洞窟』『不思議な見せ物』『にせのビスカヤ人』の幕間劇八編が収録されており、邦訳もあります。

さて、本書で扱う『ドン・キホーテ』ですが、前編（全五二章）は一六〇五年、後編（全七四章）は一六一五年に出版されました。題名は、前編では『機知に富んだ郷士《イダルゴ》ドン・キホーテ・デ・ラ・マンチャ』、後編になると「郷士」という肩書きが「騎士《カバリエーロ》」に変わっています。しかしこの間、前述したように後編刊行の前年にフェルナンデス・デ・アベリャネーダなる謎の人物によって『ドン・キホーテ』後編の贋作が出版されたため、怒り心頭に発したセルバンテスは贋作とのちがいを強調するためにこれまでの構想に多少の修正を加え、それでも腹の虫が治まらなかったのか、後編五九章からこの贋作に対して何度も非難を浴びせています。つまり、小説世界の中に現実の出来事を持ち込むというかたちになっています。

物語は、五〇歳に近いやせ細った長身の下級貴族が、騎士道小説を読みすぎて脳味噌が干からび、妄想にとり憑かれるところから始まります。彼はみずからを遍歴の騎士と名乗り、社会の不正に立ち向かおうと自作の貧弱な甲冑《かっちゅう》に身を固めて家を出ます。もうこの時代には遍歴の騎士など存在せず、時代錯誤もはなはだしいのですが、近所に住む頭の弱い農夫サンチョ・パンサを言葉巧みに丸め込んで従者として従え、痩せ馬ロシナンテに跨《また》がり遍歴の旅に出るのです。また騎士道小説には欠かせない想い姫として、アルドンサという村娘を勝手にドゥルシネーアと命名します。こうしてドン・キホーテとサンチョは冒険の旅を続けながら多くの人々と出会い、数々の事件に巻き込まれていきます。風車を巨人とまちがえて逆にはね飛ばされる事件、羊の群れを敵の大軍と勘ちがいして突撃する事件、いくつもの笑いを誘う話（夜中の旅籠《はたご》でドン・キホーテとマリトルネスと馬方が引き起こす騒動、木馬クラビレーニョの騎行など）、筋の入り組んだ恋愛話、そして『ドン・キホーテ』の冒険譚とは直接関係のない「愚かな物好きの話」、自伝的要素を匂わせる「捕虜の話」、モンテシーノスの洞窟の話、ペドロ親方の人形芝居の話、サンチョがバラタリア島を統治する話など、数多くのエピソードが盛り込まれており、特定のエピソードだけを拾い読むことも可能な小説構造となっています。

この物語の前編と後編をいろいろな側面から見くらべてみると、明らかなちがいに気づかされます。むろん長編だけに、完成までに前編だけでもかなりの年月を要していることから技法に多様性が見られるのと、さらには後編が出版されるまでの一〇年間を考えれば、全体の様式に変化が生じるのは当然のことです。その中でも興味深い技法のちがいは何かといえば、前編ではドン・キホーテとサンチョの冒険に直接関係のないエピソードが盛り沢山であったのに対し、後編ではそうしたエピソードが減るかわりに、二人に直接まつわる話が中心に展開されることです。物語の舞台も前編では街道の旅籠や田舎が中心であったのに対し、後編では都市部を中心に、いたずら好きな公爵夫妻の城館が主な舞台となり、夫妻がドン・キホーテ主従のおもな相手役となって彼らをもてあそぶのです。しかし何よりも驚かされるのは、マダリアーガが指摘するように、ドン・キホーテとサンチョの立場が心理的に逆転することです。いわば、前編のドン・キホーテはみずから求めて二度旅に出、周囲の人々の制止にもかかわらず、現実を仮象《かしょう》ととらえて痛い目にあいますが、後編になるとむしろ前編の『ドン・キホーテ』に後押しされたかたちで旅に出ます。周囲がすでに前編を読んでいるか、その噂を聞いているという設定になっていて、消極的になったドン・キホーテを逆に冒険に駆り立て、その狂態ぶりを見て大いに相手を愚弄し楽しもうとするのです。もちろん主人と同様にサンチョにも変化が起こります。背が低くてお腹の出たこの農夫は、生まれつき頭が弱く、臆病で、用心深い現実主義者です。前編ではドン・キホーテとは対照的な人物像として描かれていましたが、後編では彼の気持ちに大きな変化が見られるようになります。たとえば後編五章で、妻のテレサに島の太守になることを信じ込ませようと、前編での控えめなサンチョからは想像できないような虚栄心を膨らませるのです。また、主人の幻想癖につけ込み、主人にならって魔法という手段に訴え、田舎娘を美しいドゥルシネーアだと思い込ませて主人を騙そうとたくらみもします。こうして現実主義的だった従者も、周囲の人々や状況の変化によって少なからず影響を受けることになります。物語の結末では、波瀾万丈の人生を送った主人公がとうとう病に倒れます。しかし幸いにもキリスト教徒として神に魂をあずけ、息を引きとるのです。

セルバンテスはこの長編小説を書くにあたり数多くの文学作品の影響を受けていますが、中でも真っ先に考えられるのが数々の騎士道物語です。スペイン・ルネサンス期に人々を魅了したこの種の小説には思い入れが強かったらしく、特に『ドン・キホーテ』の前編四七章では彼の見解が詳しく披瀝《ひれき》されています。それについてここでは触れませんが、明らかに騎士道物語の良し悪しを選別していることが分かります。それによればセルバンテスにとって最高の傑作の一つが、どうやら『アマディス・デ・ガウラ』だったようです。では、セルバンテスは何のために『ドン・キホーテ』を書いたかということですが、まさにこの点がヒントになります。要するに、既存の騎士道物語は一部を除いて著しく真実味に欠けるという理由から、「読者を楽しませながら教える」ことに反するこの種の小説をこき下ろすことを目的としたのです。そのため作中には騎士道物語のパロディーなるものが散見し、とりわけ前編三章で展開する旅籠での騎士の愉快な叙任式や、一六章で描かれる夜中の旅籠でドン・キホーテとマリトルネスと馬方が引き起こす騒動などはその典型的な例です。

ところが、彼の意思は必ずしもそれだけに留まらなかったようです。『ドン・キホーテ』に登場する庶民の中には騎士道物語の愛読者がいたり、作品の価値を評価する村の司祭がいたりして、わくわくさせてくれると同時に、おもしろくて有意義な読み物であるという思いを巧妙に物語の中に反映させています。言い換えれば、ありきたりの騎士道小説を痛烈に批判しながらも、自分も時流に乗ってこの種の物語を世に送り、あわよくば人気にあやかりたいという気持ちがあったとも解釈できるのです。少なくとも創作の動機が一点に絞られていないのは確かだと言えるでしょう。最後にセルバンテス本人の言葉として、創作意図らしき文言が「序文」に残されていますので、引用することにします。

君のこの作品の目的は、世間一般でたいそう普及し影響力を持っている騎士道物語を打ち砕くことだけに他ならないのだから。（……）君の物語を読めば、陰鬱な人は笑い出し、陽気な人はさらに腹を抱え、単純な者は苛立ちを忘れ、また思慮深い者には新鮮な驚きを提供し、気むずかし屋には文句を言わせず、慎重な者に至っては称賛を惜しまぬような、そんな物語を書くようにすればいいのさ。

全体的に見ると、ドン・キホーテの仮象の世界は小説空間の現実では愚弄《ぐろう》され、袋だたきにあいます。騎士道小説の掟に従って振る舞ったつもりが、当時のスペイン社会ではまったく通用しません。それでも仮象と現実との区別がつかないまま、従者とともに冒険の旅を続け、いたるところで騎士道風の言葉づかいと常識はずれの行動を繰り返し、読者を笑わせたり、なるほどと周囲を感心させたりもするのです。興味深いのは、ドン・キホーテが狂気に憑かれるとき（特に騎士道にまつわる話に言及したとき）と、理性が働くときの区別が明確になされているため、理性が働くときには理にかなった発言をしますし、周囲の人々は頷きながら聞き入ります。こうした一連のセルバンテス風の技こそが、これまでの騎士道物語と『ドン・キホーテ』との区別をより鮮明にしている要因でもあるのです。

なお、翻訳にあたっては、Miguel de Cervantes, *Don Quijote de la Mancha*, ed. Martín de

Riquer, 2 vols., Barcelona: Juventud, 1979 を底本としました。

最後に、本書の刊行は国書刊行会編集部編集長の清水範之氏のご理解とご尽力により実現したと言っても過言ではありません。この場をお借りしてお礼申し上げます。

＊＊＊

【邦訳】（重訳・抄訳は省く）

セルバンテス『ドン・キホーテ』、永田寛定・高橋正武訳、岩波文庫、一九四八年―一九七七年。

――『ドン・キホーテ』、会田由訳、ちくま文庫、一九八七年。

――『ドン・キホーテ』、牛島信明訳、岩波文庫、二〇〇一年。

――『ドン・キホーテ』、荻内勝之訳、新潮社、二〇〇五年。

――『ドン・キホーテ』、岩根圀和訳、彩流社、二〇一二年。

（訳出にあたっては、これら先学諸氏の邦訳も適宜参考にさせていただいた）

【主な参考文献】

サルバドール・デ・マダリアーガ『ドン・キホーテの心理学』、牛島信明訳、晶文社、一九九二年。

坂東省次・蔵本邦夫編『セルバンテスの世界』、世界思想社、一九九七年。

ジャン・カナヴァジオ『セルバンテス』、円子千代訳、法政大学出版局、二〇〇〇年。

本田誠二『ドン・キホーテ』、水声社、二〇〇五年。

樋口正義・本田誠二・坂東省次・山崎信三・片倉充造編『ドン・キホーテ事典』、行路社、二〇〇六年。

片倉充造『ドン・キホーテ批評論』、南雲堂フェニックス、二〇〇七年。

佐竹謙一『概説スペイン文学史』、研究社、二〇〇九年。

佐竹謙一『スペイン文学案内』、岩波文庫、二〇一三年。

山崎信三『ドン・キホーテのことわざ・慣用句辞典』、論創社、二〇一三年。

坂東省次・片倉充造・山崎信三編『ドン・キホーテの世界―ルネサンスから現代まで』、論創社、二〇一五年。

誉田百合絵「日本における『ドン・キホーテ』の紹介と受容の様相」、『国際地域文化研究』（南山大学大学院）一一号、二〇一六年、七九―一〇二頁。

佐竹謙一（さたけけんいち）

アメリカ・イリノイ大学大学院博士課程修了（Ph.D）。

現在、南山大学外国語学部教授。

主要著訳書——

『スペイン黄金世紀の大衆演劇』（三省堂、二〇〇一年）、『浮気な国王フェリペ四世の宮廷生活』（岩波書店、二〇〇三年）、『概説スペイン文学史』（研究社、二〇〇九年）、『スペイン文学案内』（岩波文庫、二〇一三年）、『バロック演劇名作集』（国書刊行会、一九九四年、共訳）、『スペイン黄金世紀演劇集』（名古屋大学出版会、二〇〇三年、共訳）、『ラテンアメリカ現代演劇集』（水声社、二〇〇五年）、『カルデロン演劇集』（名古屋大学出版会、二〇〇八年）、J・マンリーケ『父の死に寄せる詩』（『死の舞踏』収録）（岩波文庫、二〇一一年）、J・エスプロンセーダ『サラマンカの学生　他六篇』（岩波文庫、二〇一二年）、ティルソ『セビーリャの色事師　他一篇』（岩波文庫、二〇一四年）。

誉田百合絵（ほんだゆりえ）

南山大学大学院国際地域文化研究科修了（M.A.）。

現在、名古屋外国語大学非常勤講師。

主要論文——

「日本における『ドン・キホーテ』の紹介と受容の様相」（『国際地域文化研究』〈南山大学大学院〉一一号、二〇一六年）。

ドン・キホーテ——人生《じんせい》の名言集《めいげんしゅう》

二〇一六年一二月一五日初版第一刷印刷
二〇一六年一二月二四日初版第一刷発行

編訳者　佐竹謙一・誉田百合絵
発行者　佐藤今朝夫
発行所　株式会社国書刊行会
〒一七四—〇〇五六
東京都板橋区志村一—一三—一五
電話〇三—五九七〇—七四二一
ファクシミリ〇三—五九七〇—七四二七
URL : http://www.kokusho.co.jp
E-mail : sales@kokusho.co.jp
印刷所　株式会社エーヴィスシステムズ
製本所　株式会社ブックアート
ISBN978-4-336-06050-1 C0098
乱丁・落丁本は送料小社負担でお取り替え致します。